남구만

운로, 약천의 길

운로, 약천의 길

남구만

변영희

군주는 결단코 백성이 이 지경이 되도록 방치해서는 안 됩니다.
원통한 기운이 하늘로 올라가 맺혀 홍수와 가뭄과 기근이
반드시 이로 인해 일어난 것은 아니라고는 하지 못할 것입니다.

군주는 백성의 부모입니다. 군주가 만백성에게 공양을 받으면서 백성의 고통을 풀어주지 못한다면,
백성의 마음을 위로하고 국방을 공고히 하여 나라의 명맥을 유지하기는 어려울 것입니다.

바른북스

목차

제1부

10 재 너머 사래 긴 밭
13 용와리 집
17 동문수학
22 야외 학습
27 지정정안려득

제2부

전하! 간언을 받아들이세요! 32
내수사는 감옥입니다 37
혜성의 변고 40
김만기, 이민서와 함께 45

제3부

54 고향에 돌아오다
58 낚시의 묘리
64 고향의 오랜 친구

제4부

70 쌀밥 한 그릇

74 신역

77 시체가 골짜기를

79 병사의 마음을 잃지 마소서

82 병영 이전

86 살아남은 사람이라도

제5부

한겨울의 참상   90

삼수갑산에 길을 뚫어주소서   96

성경지도   100

제6부

106 김좌명을 파직하소서

109 국역의 폐단

112 무인의 탐학

114 왕의 과단성

제7부

전략가 김석주 118
불량 아들 122
왕의 심판 129
밤에 짓는 군복 133
가림막 소동 138

제8부

144 남해 유배
151 시심을 불태우다
154 유자의 전신은 성인
164 굴원의 귤송과 절개
166 해배의 기쁨

제9부

환국의 귀재 172
대신의 위상 181
남구만의 우군 188

제10부

- 214 남구만의 국방정책 – 고토 회복 & 민생 안정
- 219 유비무환
- 221 이무용위유용
- 225 입현무방
- 230 어부 안용복의 애국심

남구만론(論)
나라를 안정시키는 것은 지혜로운 신화의 몫이다

참고자료

제1부

재 너머 사래 긴 밭

동창이 밝았느냐 노고지리 우짖는다
소치는 아이는 상기 아니 일었느냐
재 너머 사래 긴 밭을 언제 갈려 하느냐

신선하면서 느긋함이 느껴지는 시조다. 보리밭에 주소를 정한 노고지리, 일명 종달새가 보리밭을 오가며 우짖는다. 겨울 난 보리가 동해의 푸른 바다처럼 파도치고, 새하얀 배꽃이 피어나는 봄, 시조의 계절은 바야흐로 농사철일 듯하다.

삐르르~ 삐르르~

종달새 울음소리는 경쾌하고 짧다. 구성지거나 음울하지 않다. 겨울을 견뎌낸 사람들에게 봄맞이의 기대와 즐거움을 제공한다. 종달새는 들에서 일하는 농부나 나물캐는 여인들에게 자주 나타나는 정다운 새다. 종달새의 보금자리는 보리밭이다. 보리밭 둥지에는 곡식 알갱이, 각종 벌레 등, 종달새의 먹이가 풍성하다. 보리가 익어 베어낼 때, 우묵한 자리에 둥지를 틀고 알을 낳아 새끼를 기른다.

〈동창이 밝았느냐〉는 종달새 출현으로 명령어나 지시 사항으로 들리지 않는다. 집에서 부리는 소년 일꾼에게도 종달새 울음소리처럼 명랑하게 전해진다.

해가 높이 떴는데 여태 일어나지도 않았느냐? 윽박지르거나 나무라는 어법이 아니다. 재 너머 길고 너른 밭을 언제 갈 것인가라고 나직한 목소리로 권면하고 있다.

시조에 나타난 감성은 봄 냄새, 흙 향기가 은근하다. 한 폭의 풍경화가 연상된다. 봄철의 낭만이 느껴진다. 동창, 노고지리, 소치는 아이, 재 너머 사래 긴 밭 등의 어휘가 풍기는 분위기는 산천의 푸르름이 가세하여 봄날 정취는 더욱 청청하다.

푸르고 맑은 그 청청한 기운처럼 험난한 권세 가도에서 남구만은 융통성 있는 중도적, 합리적 처세의 경지를 보여

주게 되는 것은 아닐까. 정치가로서 문장가로서 남구만의 일생은 쟁기로 밭을 갈아엎고 씨앗을 심어 열매를 거두어야 하는 국가적 차원의 중차대한 사명이 재 너머 사래 긴 밭처럼 펼쳐져 있는 것인가. 사래 긴 밭을 갈아엎을 일꾼은 누구인가.

조선 숙종 대는 사색 당쟁이 치열했다. 남구만은 한순간에 목숨이 오갈 만큼 극심한 권력 쟁탈전의 와중에서 왕의 신임을 받은 충직한 신하였다. 그렇다면 그 시절 남구만은 한가롭게 창을 하듯 〈동창이 밝았느냐〉 시조를 읊조리고 있는 것일까.

세상은 날로 변화 발전한다. 왜란, 호란을 겪은 조선 백성들의 삶은 곤궁하고 피폐하다. 목전에 닥친 현안은 제쳐놓고 무리를 지어 갑론을박, 임금에게 반대편 죽이기 상소나 올리고 파쟁이나 해서야 되겠는가. 재 너머 사래 긴 밭을 갈아엎고 씨앗을 뿌려야 하지 않겠는가. 남구만은 채근하고 독려한다.

백성들의 삶을 개선하고자 하는 사래 긴 밭의 일꾼, 남구만의 애국애민의 충정과 자비심이 "동창이 밝았느냐 노고지리 우짖는다"의 흥겨운 가락에 여실히 드러나고 있다.

용와리 집

　남구만은 1629년(인조 7) 12월 3일 충주 누암 외가에서 의령 남씨 가문의 아버지 남일성과 어머니 안동 권씨의 아들로 태어났다.
　유년 시절 그의 용와리 집 앞에는 산줄기가 길게 뻗어 있었다. 용의 모습을 닮은 와룡천이 용천 뿌리에서 뻗어 나온 산을 감싸며 흘러갔다. 시냇물과 절벽, 백사장과 물길이 어우러져 빼어난 풍경을 이루었다. 집 뒤로는 작은 연못이 있다. 남구만 어린이는 때때로 낚시 가는 어른들을 따라가기도 했다.

남구만의 자 운로(雲路)에서는 시적 풍류가 느껴진다. 인생이란 시시각각 형태를 달리하는 예측 불허의 현란하고 상서로운 구름, 또는 비를 머금은 먹구름 같은 변화무상한 구름길이 아니겠는가. 또한 그의 호 약천(藥泉)이 머금고 있는 뜻이, 겉으로 드러내지 못하는 속앓이 병을 고치는 약물이라고 한다면, 나라와 백성에게 약천으로서의 소임을 다하게 되는 것일까. 그의 정치적 행로는 운로(雲路), 약천(藥泉), 미재(美齋)가 한데 어우러져 더욱 빛날 것 같은 예감이 든다. 약천은 도가에서 말하는 상선약수를 돌아보게 한다.

　- 최고의 선은 물. 물은 만물을 이롭게 하면서 서로 다투지 않고, 가장 낮은 곳에 머문다. 그러므로 도에 가깝다.*

　물은 위에서 아래로만 흐른다. 만물에 생기를 준다. 흐르다 막히면 돌아서 가고, 항상 낮은 곳에 머문다. 골짜기 작은 시냇물이 강에 이르면 강이 되고 바다로 흘러가면 바다가 된다. 그 유연성 포용력이 만물에게 덕이 된다. 약천 남구만의 장래가 이같이 펼쳐질 것 같지 않은가. 남구만은 천지자연의 섭리를 따라 메마른 사래 긴 밭에 물을 공급하듯, 군주를 도와 나라를 바로 세우고 백성의 곤핍한 삶을 개선

---

* 　상선약수: 上善若水 水善利萬物而不爭 處衆人之所惡 故幾於道 〈도덕경 제8장〉

하는 어진 재상의 기풍이 엿보인다.

　남구만의 할아버지는 현감 벼슬에서 물러나 구산에서 노부모를 봉양하며 지냈다. 어느 날 할아버지가 집에 오셨다. 할아버지는 남구만의 아버지 남일성을 위하여 용와리에 있는 집 한 채를 사들인다. 새로 산 그 집 동쪽에 두어 칸의 대청을 더 지었다. 겨울철에 남쪽 창문을 열어 햇볕이 잘 들도록 배치하고, 여름철은 북쪽 문으로 시원한 주변 경치가 펼쳐지게 설계했다.
　할아버지는 남구만의 숙부 남이성에게 용와리의 집에 대하여 〈용천별서기〉*를 짓도록 명했다. 남이성은 〈용천별서기〉에 거북이 마을의 산천과 포구의 그림 같은 정경을 찬양했다.
　남구만의 아버지는 집 뜰 앞에 대나무를 잔뜩 심었다. 5월에서 6월 사이에 대나무 순이 땅을 뚫고 뾰족뾰족 올라왔다. 남구만의 눈에 암갈색의 대순이 땅 위로 올라온 게 신기했다. 비가 내리면 그 뾰족한 대순은 점점 자라 위로 치솟았다.
　할아버지가 용와리 집에 다니러 오셨다. 어머니는 할아버지가 오실 줄 지레 아셨던가. 죽순 요리는 때에 맞게 죽순

---

*　〈용촌별서기(龍村別墅記)〉: 용촌에 한가롭게 따로 지은 집에 대해서 쓴 글

을 채취해야 제맛이 난다고 한다. 어머니는 대나무밭에 나아가 죽순을 잘라다 손질해 둔 것으로 점심상을 차려 냈다.

할아버지에게서 풍겨 나오는 분위기는 쪽 곧은 대나무처럼 어딘가 엄하고 숙연했다. 남구만은 할아버지 식사 시중을 드는 어머니의 고운 모습을 지켜본다.

- 이 죽순은 일찍이 맛볼 수 없는 귀한 것이라!

할아버지는 죽순 요리를 드시면서 흡족한 표정을 지었다. 어머니가 정성껏 요리하시던 모습, 할아버지가 기뻐하시던 기억이 남구만의 마음속에 깊이 남아 있다.

남구만은 좀 더 자라서는 고향 집을 떠나 한양으로 간다. 그는 한양으로 가서도 용와리 집의 아름다운 경치와 함께 할아버지를 정성껏 대접하시던 어머니가 늘 생각났다.

동문수학

한양에 간 남구만은 예학의 대가 김장생을 배출한 광산 김씨 문중의 김익희 문하에 들어간다. 김익희는 김만기, 김만중 형제의 숙부로 남구만의 내외종(內外從)과 친척이었다. 김익희는 서인이고 척화론자다.

병자호란이 일어났다. 김익희는 인조를 호송하는 행렬을 따라 남한산성에 들어간다. 전투를 감독하고 독려하는 독전어사가 되었다. 효종 때 승지, 대사성, 대사헌에 올랐으며, 1656년 형조판서를 거쳐 대제학이 된 인물이었다.

남구만 소년은 김익희 스승님 밑에서 스승님의 장남 김

만균, 병자호란 와중에 자결한 김익겸의 아들 김만기, 김만중 형제, 이경여의 아들 이민적, 이민서와 함께 공부한다. 그들은 같은 스승을 모신 동학으로, 때로는 선의의 경쟁자로 남다른 추억과 우정을 쌓으며 지낸다. 그중에서 남구만은 가장 나이가 많아 형님이었다.

광산 김씨 문중은 일가친척이 번다했다. 병자호란 와중에 아버지를 잃은 만기, 만중 형제는 가세가 기울어 독선생을 모시지 못했다. 서당에 갈 엄두도 낼 수가 없다.

당시 대부분의 아이들은 서당에서 교육을 받았다. 서당은 초등과 중학교 과정이다. 서당에 가면 제일 먼저 우주 원리를 깨우치도록 천자문을 배운다. 천자문은 하늘 천, 땅 지, 검을 현, 누를 황의 네 글자로 시작된다. 뜻과 음을 같이 외우는 방법이었다. 모든 학동들이 다 함께 음성을 높여 읽으므로 외우기가 쉽다.

한 사람씩 훈장님 앞에 나아가 무릎을 꿇고 천자문을 암송했다. 훈장님 손엔 공부 시작부터 끝날 때까지 회초리가 들려 있다. 회초리는 훈장님의 교수 방법의 일환이다. 아이들이 외우다가 혹 틀리게 되면 훈장님은 가차 없이 회초리로 종아리를 친다. 누구라도 예습, 복습을 게을리하면 회초리를 피할 수 없다.

남구만과 다섯 학동은 서당에 가지 않았다. 대신 김익희의 교육 방식을 따랐다. 학습 과정은 서당과 거의 비슷했다. 그들은 김익희 밑에서 공부하면서 남구만을 친형님 그 이상으로 믿고 따르며 서로 사이가 좋았다. 타고난 천재라고 할 만큼 학습에 대한 열정과 성적이 뛰어났다. 그들 중 누구도 회초리를 맞는 일은 거의 없다.

천자문에 이어서 《추구》*와 《계몽편》을 배운다. 《추구》는 역사상 유명한 문장 중에서 다섯 자가 대구를 이루는 문장만을 가려 뽑은 기초 한문 교재다. 《계몽편》은 산문체로 되어 있는 일종의 아동용 백과사전이다. 〈수편(首篇)〉, 〈천편(天篇)〉, 〈지편(地篇)〉, 〈물편(物篇)〉, 〈인편(人篇)〉 등 5편으로 되어 있다.

〈수편〉은 천지 만물, 일월성신, 강해산악(江海山嶽) 등의 자연 현상, 군신 장유 부부 붕우 등은 인류에 관한 것이다. 그 밖에도 방위와 맛, 소리, 수에 관한 낱말이 수록되어 있어 문자 교육에 적합했다.

〈천편〉은 우주와 천체에 관한 초보적인 해설과 10간(十干), 12지(十二支)를 설명하고 있다. 춘하추동의 계절 변화도

---

*   《추구(推句)》: 오언명구(五言名句)를 가려 편찬한 조선시대 초학 교재

나온다. 〈지편〉에서는 오악사해(五嶽四海)와, 구름, 비, 안개, 눈, 서리 등의 자연 현상을 음양론으로 설명하는 오행*에 관한 것이다.

〈물편〉은 현대의 생물학이라고 할까. 동식물을 그 속성과 특성에 따라 분류, 제시하였다. 제사와 빈객에 쓰이는 음식 및 공물의 소개와 일상에서 쉽게 접촉하는 과실, 꽃 종류도 다양하게 펼쳐진다.

〈인편〉은 부모, 형제, 부부, 군신, 붕우, 종족 등, 인간관계의 예의와 존대법에 대한 내용이다. 또한 학문과 독서의 필요성을 강조하고, 특히 율곡의 《격몽요결》 내용 중에서 사람 노릇하기를 위한 아홉 가지 태도 〈구용(九容)〉, 배움에 나아가고 지혜를 더하는 아홉 가지 생각 〈구사(九思)〉가 첨부되었다.

〈구용〉은 걸음걸이를 무겁게, 손가짐을 공손히, 눈을 단정히, 입은 조용히, 말소리를 조용히, 머리를 항상 곧게, 숨쉬기를 정숙히, 일어설 때는 덕스럽게, 얼굴 모습은 장하게 등이다.

---

* 오행(五行): 우주에 운행(運行)하는 다섯 가지 원소(元素). 금(金) · 목(木) · 수(水) · 화(火) · 토(土)

〈구사〉는 보는 데 밝게, 듣는 데 총명하게, 안색은 온화하게, 말하는 데는 충을 생각, 일하는 데는 경건히, 의문이 있을 때는 묻고, 성나는 것은 참아라, 보고 나서 의에 합당한 연후에야 얻어라 등이다. 구용과 구사의 가르침은 당시의 교육 과정에서 인성을 배양하는, 매우 지적 수준이 높은 우수한 교재라고 할 수 있다.

그다음으로는 〈몽구〉를 읽었다. 〈몽구〉는 《주역》 64괘 중 네 번째 산수몽괘로 어린아이를 교육으로 기른다는 괘다. 산속에서 물이 처음 흘러나와 내에서 강으로, 마침내는 바다로 흘러가듯, 〈몽구〉는 배우고자 하는 학생이 먼저 스승을 구해 찾아가 배움을 청해야 한다.

그 외 인간의 윤리와 도덕을 강조한 《사자소학》을 배운다. 사자소학에서 '수신제가치국평천하'의 이치를 배우고 나서, 박세무가 지은 《동문선습》과 여러 고전에서 금언 명구를 주제별로 엮은 《명심보감》을 배우게 된다.

외우는 분량이 많아도 다 함께 박자를 맞추어 소리 내서 읽는다. 눈으로 보고 입으로 읽고 귀로 들으므로 타고난 둔재가 아니라면 누구나 이 과정도 무난히 통과할 수 있다.

야외 학습

　훈장 김익희의 교육 방식은 보통 때는 서당의 교육 과정을 좇아 가르친다. 학동들에게 전혀 어렵거나 지루하지 않도록 안배했다.
　김익희 훈장은 좀 더 진취적이고 참신한 방법으로 아이들을 가르치려고 항상 고민하고 연구했다. 때때로 자신의 수하에 들어온 아이들을 위해 영웅전, 위인전을 비롯하여 옛이야기 중심으로 학습을 흥미 있게 이끌었다.
　특별한 것은 야외 학습이었다. 봄가을에 아이들을 데리고 산천으로 나아가 고기를 잡고, 꽃도 보고 정서 함양과 호

연지기를 길러주는 데 주력했다. 남구만 소년은 물론 학동 모두가 환영하는 야외 체험학습이었다.

산으로 가는 길엔 골짜기마다 시냇물이 흘렀다. 돌돌돌, 시냇물 흐르는 소리가 상쾌하게 들려온다. 시냇물 양옆으로는 갯버들 아래 수초와 잡초가 어우러져 고기들이 숨기에 딱 좋았다.

학동들의 마음은 스승님이 명령하기 전에 벌써 시냇물의 물고기처럼 둥둥 떴다. 누가 먼저랄 것도 없이 바지를 걷어 올리고 텀벙! 텀벙! 물속으로 뛰어 들어간다. 맨 나중에 남구만이 들어갔다. 남구만은 놀이에서도 만균, 만기, 만중 형제와 민적, 민서를 먼저 배려했다. 그는 듬직한 형님이고 친구였고, 동학이며 선배였다.

- 우와! 좋아요!
- 시원해요!
- 어! 고기다! 고기!
- 와아! 신난다!

학동들이 합창하듯 큰 소리로 외친다. 파란 하늘을 자유자재로 흘러가던 구름이 갈 길을 멈추고, 산속에서 지저귀던 새도 울기를 잠시 쉰다. 순수하고 해맑은 대자연의 감성에 화합하듯, 꽃을 향해 빛의 속도로 날아간다는 호랑나비도 아이들의 환호성에 날개를 펼친 채 멈칫한다. 학동들의 즐거운 화음은 시냇물 소리와 더불어 인근 산으로 들판으로 호호탕탕 거침없이 울려 퍼진다.

– 형아! 풀을 발로 팍, 팍, 밟아봐요. 고기가 숨었다고요!

만중 목소리에 모처럼 신바람이 실렸다.

– 고기 도망간다!

민서도 생기가 넘쳐난다.

– 얘들아! 이리 와서 내 그물 좀 잡아줘!

학동들이 첨벙거리며 달려간다. 바지가 흘러내려 물에 젖는다. 남구만이 잡아달라는 얼금얼금한 그물에는 버들치, 붕어, 꺽지, 피라미, 송사리 등 크고 작은 고기들이 바글거린다.

– 와아! 고기 많다!

– 형아! 이 물고기 형이 다 잡았어?

– 스승님 더 잡아요. 고기 많다고요!

민서와 만중이 호기를 부린다. 만기도 민적도 개울에서 더 놀고 싶다.

– 호! 너희들 고기를 이렇게 많이 잡았어? 어떠냐. 고기는 산(山)이에게 집으로 가져가라 하고 우리는 슬슬 산으로 올라가 보자.

- 산이야! 엎지르지 말고 조심히 들고 가서 집 연못에 고기를 풀어주어라!

- 산이 형아! 고기 잘 데리고 가.

민서가 기쁘게 소리친다. 산이가 물고기들이 파닥거리는 물통을 들고 집으로 돌아가자, 스승님은 오른손을 들어 눈앞에 펼쳐지는 야트막한 산을 가리킨다. 초여름의 산은 온통 푸르름이다. 군데군데 산 꽃들이 피어나 등불을 켠 듯 숲 전체가 환하고 어여쁘다. 스승님 뒤를 아이들이 뒤따른다.

- 스승님! 꽃, 꽃이 피었어요.

그들 중 가장 나이 어린 만중이 산나리꽃을 보고 그 자리에서 폴짝! 뛰었다. 만중 옆을 날아가던 노랑나비가 만중의 소리에 허공으로 높이 날아오른다. 만중의 소공동 집 화단에도 활련화(活蓮花)를 비롯, 어머니 윤 부인이 가꾸는 각종 화초가 어우러졌다. 만중에게 산에 피는 꽃은 더 사랑스럽고 예뻤다. 그 옆으로 새하얀 잎을 달고 있는 산딸나무가 우뚝 서 있다. 눈이 닿는 곳마다 이름 모를 풀꽃들이 무리를 이루고 있다.

- 스승님! 저기 좀 보세요! 다람쥐가 있어요! 어, 도망가요.

만기가 소리친다. 제 나이보다 점잖고 숙성(淑性)해 보이는 만기의 함성은 평소와는 많이 달랐다. 아름드리 소나무 옆 큰 바위에 올라 있던 다람쥐가 도망간다. 만균, 민서가 만기를 돌아본다. 스승님은 미소를 띤 채 내처 산으로 올라간다.

- 스승님! 이렇게 밖으로 나오니 물에서나 산에 사는 생명들이 사람보다 더 행복해 보여요.

남구만은 학습 과정의 어려움을 말하는가. 시절의 험난함을 이르는가. 대자연 속에 사는 물고기와 꽃이 부러운가.

- 오! 그래? 오늘 나는 구만이 네 눈이 밝은 것을 알겠구나.

김익희는 내심 놀라는 기색이다. 어린 소년이 어찌 자연 속의 동식물을 만나고 저리 말할 수 있는가. 과연 동량지재로다. 만균과 만기, 만중, 두 조카와 민적, 민서 이들 모두 범상하지 않은 줄 알았지만 남구만의 일성은 김익희의 가슴에 바로 와닿았다.

산에 오르자 저 아래 내려다보이는 마을이 아련하다. 가뭄이 심하다고 하더니 산과 들판은 온통 푸른 생기로 충만하다.

너른 바위에 훈장님을 중심으로 둥그렇게 둘러앉았다. 점심밥을 펼쳐놓았다. 만기, 만중 형제의 모친 윤 부인이 손수 장만한 깨소금 김밥과 시원한 단술을 마셨다. 스승님에게도 학생들에게도 더할 나위 없는 최고의 별식이었다.

지정정안려득

　야외 학습이 끝나고 계절이 바뀌었다. 김익희는 아이들에게 학습 수준을 한 단계 올렸다. 학습 수준을 높이고 과목이 늘어나자 스승을 더 모셔 왔다. 병자호란 당시 왕을 모시고 남한산성에 피란한, 세종대왕의 7대손 예학에 밝은, 민적 민서의 부친 이경여와, 문장과 글씨에 능한 동춘 송준길이었다. 이경여는 주로 예의범절을 가르치고 인성 교육에 치중했다.
　송준길의 서체는 만기, 만중의 작은 할아버지 김집의 영향을 많이 받았다. 김집은 어려서 화려한 문장을 지었고 글씨도 잘 써 획이 맑고 굳세었다. 그의 필적을 얻은 사람은 보배 구슬을 얻은 듯 귀히 여겼다고 한다. 송준길은 김집에게 글씨를 배울 때 명필가 석봉 한호의 석봉체를 연마했다.

- 자체가 짧고 작구나. 글씨를 쓸 때 크기를 조금 키우도록 하라. 획을 크고 작게 쓰는 것만 신경 쓰지 말고, 정밀하고 굳세게 쓰는 것이 좋겠다.

송준길은 김집으로부터 조선 성리학자들의 서예 방식, 서예의 본질을 배웠다. 송준길은 배운 그대로 아이들에게 붓글씨를 가르쳤다.

- 자형을 길게 쓰는 데 힘을 다해 정밀하게 쓴다면 당세의 명필에 견주어도 손색이 없을 것이다.

자세가 바르지 않고 성품이 침착하지 않으면 붓끝이 떨려 글씨체가 나오지 않는다. 학동들은 자세나 성품에 있어서도 모범생이었다.

송준길은 붓글씨 외에 이경여와 교대로 사서삼경을 가르쳤다. 그중에서 대인 군자의 학문이라는 《대학》 경일장에는 체계적이면서 종합적인 가르침이 있다.

- 먼저 아는 것이 지(知), 철저히 성숙된 후 마음이 한곳에 그칠 줄 아는 정(定), 마음이 한곳에 머무를 때 고요함 정(靜), 마음이 잔잔한 호수와 같이 고요하게 통일되면 지극히 평

안함(安)을 얻는다. 이때 생각을 일으키면 비로소 능히 본래의 깨달음을 체험하게 된다. 곧 려득(慮得)이다.

《대학》 경일장에서 강조한 지정정안려득의 과정은 학동들이 전 과목 수업과 글씨 쓰기에 필수 요건이었다. 그들이 장차 성인이 되어 미래를 살아가는 데도 더없이 중요한 인생 지침이 될 것이었다.

더하여 개인의 수양과 처세를 가르치는 《중용》, 공자와 제자의 문답 형식으로 된 《논어》, 맹자의 왕도정치와 성선설, 중국 최고의 시집 《시경》, 하(夏) 우임금, 은(殷) 탕임금, 주(周) 문왕이 천하를 다스리는 법을 편찬한 중국의 가장 오래된 철학서 우주의 변화 원리를 밝힌 《주역》, 이들 과목은 사계의 우수한 스승을 모신 덕분에 학동들의 학업은 일취월장했다. 그들은 무슨 과목이 되었건 진지하고 열심이었다.

남구만은 집안 어르신, 특히 인품과 지략이 뛰어난 모친 안동 권씨로부터 역사와 문장에 대해 엄격한 교육을 받은 바 있다. 만균은 아버지 김익희에게, 또한 만기, 만중은 3살부터 어머니 윤 부인의 가정학습이 유명했다. 민적, 민서도 부친 이경여 밑에서 기본 교육이 탄탄했다. 송준길은 스승님으로서 회초리를 사용할 기회는 좀처럼 찾아오지 않았다.

점점 몸도 지식도 자라면서 각자의 타고난 숙명대로, 하늘이 그들 각자에게 부여한 재 너머 사래 긴 밭을 갈기 위해, 더 다양하고 광대한 학문의 세계로, 정치 가도로 나아가게 된다. 영욕이 반반인 벼슬살이를 하면서 중요한 시기에는 힘을 합쳐 나랏일을 의논하고 때로는 견해가 달라 노선을 달리하기도 한다.

학동 시절 동고동락하며 동문수학한 그들의 우정은 어른이 되어서도, 어떤 조건에서도 변하는 일은 없었다. 남구만은 벼슬길에 올라 전국을 두루 돌며 정사에 분망한 중에도, 종종 학문에 몰두하던 천진무구의 그 시절이 몹시 그리웠다.

산에 들에 사는 동식물이 사람보다 더 행복해 보인다는 남구만! 남구만 인생의 재 너머 사래 긴 밭은 장차 어떻게 펼쳐질 것인가.

제2부

전하! 간언을 받아들이세요!

1656년 남구만은 27세였다. 문과에 급제하여 가주서(假注書)가 되었다. 가주서는 조선시대 승정원에 속한 정7품이다. 주서가 사고를 당하면 그 일을 대신 맡아보는 벼슬이다.

1658년(효종 9)에 정언* 남구만이 왕에게 나아가 첫 상소를 올린다.

- 신은 본래 어리석고 미천해 조그마한 장점도 없는데 간관(諫官)의 자리에 두시니 가슴속에 있는 마음을 모두 아

---

* 정언(正言): 조선 시대에, 사간원에 속한 정6품 벼슬

뢰고자 합니다. 신은 신병이 오래 끌어 조정에 봉직할 수 없습니다. 병이 들어 집에 머물러 있어도 간관의 책임이 있으니 지난날 아뢰지 못한 일을 아뢰겠습니다. 우나라 순임금은 옻칠한 그릇을 쓰지 말라는 간언을 받아들였고, 상나라 고종*은 신하의 수꿩이 우는 훈계를 받아들였습니다.

젊은 남구만이 병이 들었다고 왕께 고한다. 집에 머물러 있으면서도 간관의 책임을 다하고 있는 모습이다.

- 상나라 고종이 탕임금을 제사 지내던 날, 수꿩 한 마리가 날아와 울었다고 합니다. 이 일을 조기**가 다음과 같이 고했습니다. "수꿩이 와서 울었다는 것은 제사 지내는 사람이 덕이 부족하거나 부정하기 때문입니다. 임금께서 하실 일은 백성을 공경하는 것입니다."

조기는 "'임금의 할 일은 백성을 공경하는 일'이라고 고했다. 남구만은 상나라 고종이 어진 신하 조기의 훈계를 받아들이므로 왕과 신하 모두 영광스러웠다는 고사를 예로 든 것이다. 이 외에도 남구만은 한나라 성제, 위나라 문제 등, 여러 사례를 들어 신하는 오직 군주에게 충성하려는 마

---

* 　상(商)나라 고종: 중국 최초의 왕조. 은(殷)나라 임금, 본래 이름은 무정(武丁)
** 　조기(祖己): 상(은)나라 고종(무정(武丁))의 아들

음과 국가에 헌신하려는 정성으로 간언한다고 자신의 의중을 피력한다.

- 지금 전하께서는 즉위하신 지 10년이 되었습니다. 의정부에 매번 직언을 구하라고 전교하시니, 충직한 의론이 날마다 조정에 올라와야 될 터인데 과연 군주를 대면해 직간하는 대각의 관원이 누구이며, 초야에서도 기탄없이 직언을 하는 자가 누구이겠습니까. 대신들의 충언을 상감께서는 망언이라 하며 받아들이는 미덕이 없고 등한히 여겨 살피지 않으시니 이를 변통할 방법을 강구해야 하지 않겠습니까?

정치 초년생 남구만의 첫 상소는 지극히 면밀하고 신랄하다. 왕이 즉위한 지 10년이 되었다. 10년 동안 충직한 직언이 올라오지 않았다고 지적한다. 왕의 마음에 간언이 거슬리게 된다면 대각의 관원이나 초야에 묻혀 있는 선비 중 누가 충언을 하겠는가. 남구만은 신하의 간언을 따르지 않는 왕, 게다가 간언을 신하가 왕을 제재한다고 생각하는 왕에게 더 기대할 것이 없다. 충언하는 신하들이 군주를 제재하려 한다고 꾸짖는 것은 합당하지 않다고 토로한다.

- 옛날에 간언을 듣기 좋아한 군주들은 그 신하들의 말이 다 옳아서이겠습니까? 그런데도 모두 수용하고 겸허하

게 받아들였습니다. 현명한 제왕들은 신하들의 말이 쓸만하면 취하고 쓸 수 없으면 그대로 버려두었습니다.

 남구만은 신하들의 충언이 비록 쓸만하지 않아도, 어진 왕들은 이를 모두 용납했다고 말한다. 임금님이 듣고는 있는가. 아무런 답이 없다. 계속 묵묵부답이다.

 - 전하께서 간쟁하는 신하들을 대하시는 것이 우나라 순임금과 상나라 고종에게도 미치지 못합니다. 한 나라의 성제와 위나라 문제보다도 뒤집니다. 그렇다면 나라가 혼란하고 멸망하는 일이 없으리라고 말하지 못할 것입니다. 그러므로 과감하게 아뢰는 선비가 없고 충직한 기풍이 없는 것을 괴이하게 여기지 마소서.

 남구만 앞에 바야흐로 재 넘어 사래 긴 자갈밭이 펼쳐지는가. 정치 초년생으로서 그의 첫 상소는 과감하고 담대하다. 우나라 순임금, 상나라 고종, 한나라 성제, 위나라 문제보다도 못하다고 임금님을 꾸짖고 있다.

 - 전하께서는 어떤 때에는 "너희들이 예법을 몰라서"라고 하셨다가 또 어떤 때는 "저와 같은 망언을 어찌 서로 따질 것이 있겠는가?"라고 하시며 성상의 하교가 모순됨을 깨닫지 못하십니다. 앞으로는 전하께서 조정의 신하들을 칭찬하고 총애하는 말씀을 내리시더라도 영화로 여기지 않

을 것이고, 비록 모욕하는 말씀을 하시더라도 또한 수치로 여기지 않을 것입니다.

왕이 신하를 대하는 방법, 하교가 모순되어 있다고 한다. 신하들을 칭찬하거나 총애하고, 또한 모욕하는 말씀을 하더라도 영화롭거나, 수치로 여기지 않을 것이다. 남구만의 언설은 질박하면서 정곡을 찌른다.

효종은 남구만의 충언에 결코 말허리를 자르지 않았다. 마침내 왕이 남구만에게 비답한다.

- 잘 알았다. 두 번이나 충언을 올리니, 나라를 근심하고 군주를 사랑하는 정성을 크게 볼 수 있다. 내 이를 가상히 여기니 그대는 사직하지 말고 속히 건강을 살펴 직임을 수행하라.

내수사는 감옥입니다

- 어리석고 천한 신이 왕세자 교육을 맡아 춘방*과 사헌부와 사간원을 두루 출입했습니다. 마침내 논사**의 직책이 신의 몸에 이르니 신은 두렵고 놀라워 몸 둘 바를 모르겠습니다. 분수를 헤아려 자신을 살펴보니 춥지 않은데도 몸이 벌벌 떨립니다. 신은 도성에서 생장해 과거급제로 성상을 가까이 모시는 반열에 오르니 어찌 영광이 아니겠습니까.

---

* 춘방(春坊): 세자시강원(世子侍講院)을 달리 이르는 말
** 논사(論思): 학문을 토론하는 직책

하오나 분수 아닌 자리에 올라 잠을 이루지 못하니 삼가 성상께서는 미천한 중생이 엄한 자리에 끼지 않도록 교체해 주시면 천만다행이겠습니다.

  남구만은 관직 생활 3년 차다. 논사의 직책이 자신의 분수에 맞지 않는 자리라고 말한다. 춥지 않은데도 몸이 떨리고 잠을 못 잔다고 한다. 엄한 자리에서 교체해 달라고 소를 올린다.

  - 인평대군의 집에 저주한 사건으로 궁녀와 무녀 등 10여 명을 내수사*에 가두고 고문하고, 곤장을 맞아 죽은 자가 서너 명에 이른다고 합니다. 성상께서는 환관들에게 생사여탈의 권한을 주어 내수사는 사람을 형벌하는 장소가 되었습니다. 내수사는 대궐 안의 감옥입니다. 폐지해야 하는데 폐지는 안 하고 궁중의 일까지 미치고 있습니다. 내수사를 혁파하지 못하신다면 앞으로도 끝내 혁파하시지 못할 것입니다. 내수사를 재정을 담당하는 부서에 맡겨 수백 년 동안 내려온 병폐를 고치소서!

  내수사 설립 의도는 궁중에서 사용하는 재물의 출납을 관장하는 것에 불과할 뿐인데, 어찌 내수사에서 사람에게

---

*   내수사(內需司): 조선시대 쌀, 베, 작물, 노비 등을 주관하던 관아

형벌을 가하고 죽이는 살벌한 일을 저지르냐고 왕에게 힐문한다. 내수사 병폐를 지금 개선하지 못하면 앞으로도 못할 것이다. 수백 년에 걸친 병폐를 혁파하라고 강력하게 권유한다.

- 왕의 정치가 노력은 하는데 효과가 바람 잡는 것처럼 아득하다. 왕께서 사사로운 마음을 버리지 못해서다. 왕이 호령을 내려도 신하와 백성의 신임을 받지 못한다. 심지어는 왕께 충성하는 신하들마저 통탄스러워한다고 직언한다.

신하 된 자의 언설이 이보다 더 준엄할 수가 있는가. 주객이 전도된 감이 있다. 남구만은 거칠 것이 없다. 그는 사욕이 없기 때문이다.

혜성의 변고

1661년(현종 2)에 홀연 밤하늘에 혜성*이 나타났다. 혜성은 가스 상태의 빛나는 꼬리를 끌며 태양을 초점으로 긴 타원형이나 포물선을 그리며 운행한다. 병신년(1596년 선조) 이후 이런 변고가 세 번이나 일어났고 현재 네 번째다.

– 전하! 신 아뢰옵니다. 혜성이 나타났습니다.

---

* 혜성(彗星): 혹은 나그네별 객성(客星)이라 부르기도 한다. 태양 주위를 공전하는 천체의 하나. 긴 타원궤도를 가지고 있다. 혜성이 꼬리를 끌며 지나가면 먼지 찌꺼기가 지구 대기로 떨어지면서 마찰로 불타는 현상을 유성우(별똥별)라 한다.

이조정랑 측후관 남구만이 왕께 아뢴다. 측후관은 별자리를 관측하는 직책이다. 혜성이 나타나면 조정에서는 큰 재앙으로 여겨 비상조치를 내린다.

- 신 남구만은 천문학에는 일천하고 또한 천문학에 밝다고 해도 무슨 보탬이 되겠습니까? 하늘(혜성)의 견책은 조정의 정사가 잘못되고 기강이 무너진 때문입니다. 전하께서 가장 기대하고 신뢰하시는 송시열과 송준길을 불러 겸손함과 정성을 보이시고 도움을 청하심이 좋을듯하옵니다.

혜성이 나타난 것은 왕의 부덕과 정사가 잘못되어 견책하는 것이라고 전한다. 신하들의 기강이 해이해진 때문이다. 우암 송시열과 동춘 송준길에게 도움을 청하라며 겸손과 정성을 말한다. 남구만은 듣기만 하고 답이 없는 임금에게 두 송 씨 외에 지방의 인물을 다시 천거한다.

- 박장원은 인품이 소탈하고 문장에 뛰어납니다. 정사에 통달했으나 하찮은 일로 물러나 있습니다. 그 외에 행실이 견고하고 절개가 있는 청풍 부사 유경창, 훌륭한 행실과 문학으로 이름을 떨친 담양 부사 임유후, 지식이 깊고 경학에 통달한 장연 부사 염우혁, 청렴하여 직무를 잘 수행하는

밀양 부사 이지은, 이들은 모두 안변* 사람들입니다. 서울과 충청, 전라, 경상, 삼남 지방 관리만 등용할 게 아닙니다. 이번에 이들을 승진시키면 서북 지방 사람들을 분발하게 하는 계기가 될 것입니다.

사래 긴 밭에 새로 편입된 일꾼 남구만은 임금님보다 전국의 인물, 서북 지방 관서 관원들의 성향과 장점을 잘 파악하고 있다.

- 신은 지난번 사명을 받들고 남부 지방에 가서 인물을 물색하였는데, 하나는 세마**를 지낸 나주 사람 김만영입니다. 이 사람은 어린 나이에 학문을 이루어 문장을 줄줄 써 내려갔으며, 언행이 법도에 맞아 보통 사람보다 뛰어납니다. 또 한 사람은 옛날 부제학을 지낸 유희춘의 후손 담양의 유학*** 유진석입니다. 나이가 젊고 곤궁해도 의지가 곧고 벼슬에 욕심이 없습니다. 과거 공부를 사절하고 그 행실과 재주가 가상합니다. 마땅히 조정에서 등용해 그들의 지극하

---

*   안변(安邊): 함경남도 안변군에 있는 경원선과 동해 북부선이 나뉘는 곳으로, 사과, 배가 난다. 군청 소재지이다. 면적은 65.9㎢

**   세마(洗馬): 조선 시대, 세자익위사(世子翊衛司)에 소속된 정9품 관직. 세자의 호위를 담당하던 관서였으며, 세자가 궁궐 밖으로 거동할 때 의장을 준비하고 호위하였다.

***   유학(幼學): 관직에 아직 오르지 않았거나 과거를 준비하며 학교에 재학 중인 유생(儒生)

고 충성스러운 의론이 모두 올라오게 해야 할 것입니다. 혜성의 재앙을 막는 방법이 어찌 인재 등용에서 벗어날 수 있겠습니까?

어질고 능력 있는 인재를 공평하게 등용하는 것이 혜성의 재앙을 막는 방법이라고 역설한다. 남구만의 인물 천거가 왕께 그대로 전달된 것은 아니다. 전적으로 수용하는 편이라고 볼 수도 없었다. 왕은 왕이고 신하는 신하였다.

- 신이 천거한 사람이 만약 적임자라면 정치화*처럼 오래지 않아 체직 되는 일은 없어야 할 것입니다. 설사 적임자가 아니더라도 등용하지 못하는 이유를 왕께서는 분명히 말하고서 버려야 합니다. 신에게 다시 인물을 천거하라 하시면 천거하더라도 유익함이 없고, 단지 지방 사람들의 비웃음만 살 따름입니다.

남구만은 체직 당한 정치화를 예로 들었다. 조정이 불성실하여 인재들을 가볍게 여기면 안 된다고 충언한다. 혜성의 재앙을 막으려면 능력 있고 현명한 신하를 등용하고 적재적소에 배치하여 정사가 순조로워야 한다는 취지였다.

---

*   정치화(鄭致和, 1609~1677): 본관 동래. 자는 성능(聖能). 호는 기주(棋洲). 현종 때 좌의정을 지냈다.

임금은 묵묵부답, 신하의 충성스럽고 중요한 상소에 더 이상 비답하지 않았다.

김만기, 이민서와 함께

　남구만은 어릴 때 김익희 문하에서 동문수학한 김만기, 이민서와 함께 경연장에 들어갔다. 격식을 갖추지 않고 간략하게 사실만을 적어 차자를 올렸다. 그들은 왕께서 귀와 눈과 마음을 열어 신하들의 건의를 받아들일 것을 간청한다. 신하의 상소가 바른 정치의 출발이고 왕의 수용이 실천의 첫걸음이었다.

　- 신들이 가슴속에 있는 심정을 모두 피력하고 싶었으나 옥체가 편찮으실 때가 많아 접견할 기회가 없었습니다. 왕께서 군주의 덕을 성취하는 일이 경연 한 가지뿐인데, 경연

에 나오시지 않으니 걱정이 태산입니다.

남구만은 왕께 안부 겸 자주 뵙지 못한 까닭을 아뢴다. 그는 국사에 관해 말할 것이 많으나 왕이 경연에 나오지 않아 아뢰지 못했다고 발언한다. 군주의 덕을 거론하는 남구만의 말은 과녁을 빗나간 화살처럼 위태롭다.

- 옥체가 편찮으시고 안질을 앓으시므로 경연에 나오시지 못할 때는 신하를 침전으로 불러들여 경사를 토론, 하문하신다면 불편하시지 않을 것이라고 봅니다. 이런 일들을 여러 차례 아뢰었는데도 한 번도 시행하지 않으셨습니다.

몇 번이나 같은 내용으로 상소를 올렸으나 왕은 경연에 나오지 않았다고 한다. 근일에 왕은 산능을 돌아보고, 교외에서 무예를 검열하였다. 궁궐 안의 후원, 금원(禁苑)과 장전(帳殿)에도 나아가 바람과 추위에 옥체를 수고롭게 했다. 그런데 왕은 따뜻한 궁전의 실내에서 편안히 앉아 강론하는 것이 무슨 어려움이 있어 시행하지 않는지 남구만은 의문이다.

- 경연관의 직책만 있고 하는 일은 한 가지도 없습니다. 경연관을 열지 않아 하는 일도 없이 은총과 녹봉만 탐하는 경연관이 되었으니 실로 부끄럽습니다. 신 등을 어찌하여 홍문관에 지위만 차지하고 머물게 하십니까?

그는 하는 일도 없이 홍문관에서 녹봉만 받는 상황을 개탄한다. 소를 올리고 간언하는 신하들을 왕은 모두 배척하고 수용하지 않는다고 염려한다. 과감하고 공격적이다. 신하로서 왕의 하늘 높은 자존심, 왕의 위의와 존엄을 건드리는 언설이 아닌가.

그는 또 궁궐과 왕실에서 분가해 독립한 궁가(宮家), 대원군, 왕자군, 공주, 옹주가 살던 집들이 국가로부터 토지의 면적에 따라 매기는 결세, 절수와 면세의 폐단에 대해 고언한다.

— 전하께서는 궁가의 절수와 면세가 국가에 이롭다고 생각하십니까? 절수와 면세를 혁파, 중지한다면 여러 궁가가 재정이 끊겨서 살아갈 수가 없다고 생각하십니까? 온 나라 사람들이 비판하는데도 어찌하여 돌아보시지 않습니까?

신하가 주지하고 있는 사실을 왕께서도 알고는 계십니까라고 확인하는 것 같다. 조정에서 궁가에 내리는 과다한 혜택에 대해 온 나라 사람들이 비판하는데도 왕이 돌아보지 않았다고 힐난한다.

왕은 태연한가. 방심인가. 바른말만 하는 남구만이 괘씸해서인가. 여전히 답이 없다. 왕의 침묵이 답답하다. 남구만이 연속 아뢰지 않을 수 없는 상황이다.

— 당나라 중종은 지극히 무도한 군주였습니다. 하오나

권력욕이 강한 안락공주가 곤명지*를 원하자, 중종이 뭐라 하신 줄 아십니까?

- 당나라 중종은 "곤명지는 백성들이 부들을 베어 쓰고, 물고기를 잡아먹는 곳이다."라고 하며 서민의 생활 터전이 된 곤명지를 안락공주에게 허락하지 않았습니다. 그런데 전하께서는 두서너 궁가를 위해 기필코 국가가 없어진 후에야 궁가의 절수와 면세를 그만두고자 하십니까? 궁가를 위해서도, 국가가 편안하기 위해서도 지금 대책을 세우셔야 합니다.

단호하고 파격적(破格的)이다. 지존이신 왕을 엄중히 나무라고 있다. 신하의 언중유골 속에 군주의 태만과 무능이 드러나고 있다. 이때 김만기가 나선다.

- 신 김만기는 당초 하문하실 적에 강력히 논쟁하지 못하고 경솔히 받들어 순종했으니 이는 신들의 죄입니다. 지금 기강이 엄숙하지 못하고 법령이 확고하지 못합니다, 풀을 벨 때는 뿌리까지 한꺼번에 뽑아야지, 몇 년 후에는 반드시 더욱 풀이 불어날 것입니다. 지난번 사간원 정언 여성제의 상

---

* 곤명지(昆明池): 1. 중국 한나라의 무제가 수군(水軍)을 훈련하기 위하여 장안성 서쪽에 판 못 2. 중국 윈난성(雲南省) 곤명 남쪽에 있는 큰 호수

소문은 진실로 발본색원의 훌륭한 제안입니다. 전하께서는 마음에 거슬린다고 내치지 마시고 윤허해 주시어 신하들의 간언을 받아들이는 덕을 드러내 보이소서.

김만기는 공손하다. 왕에게 발본색원의 상소를 받아들이는 덕을 드러내 보이라고 말한다. 김만기가 잠시 숨을 고른다. 여성제의 상소가 훌륭한 제안이라고 하면서도 그는 매우 근신하는 모습이다.

– 또한 서필원*이 직급이 낮은 신하로서 대신을 범하고 거슬렸다는 이유로 유독 서필원만 꺾고 짓밟으셨습니다. 어찌 침묵하는 자는 요행을 얻고 정사를 말하는 자는 불행을 당한단 말입니까? 이런 일은 근래 없었던 조치입니다. 전하께서는 의지가 굳고 기개가 높으면서 성질은 급한 사람을 포용하는 것이 옳을 것입니다. 전하께서는 공론을 따라 신하들의 간언을 받아들여 현명한 덕을 드러내소서.

---

* 서필원(徐必遠): 조선 후기의 문신. 본관은 부여(扶餘), 자는 재이(載邇), 호는 육곡(六谷), 시호는 정의(貞毅)이다. 김집과 정홍명의 문인이다. 김집의 직계 제자였음에도 불구하고, 산림의 학연에 얽매이지 않고 현실 문제를 해결하는 데 노력한 현실 정치가이다. 지방 관찰사로 재직할 때에는 충청도와 전라도 해읍의 대동법을 현장에서 시행하였으며, 민생 안정과 지방의 폐단 개혁을 위해 노력하였다. 1664년(현종 5) 발발한 공의/사의(公義/私義) 논쟁에서 공의론을 주장하며 송시열에 맞선 것으로 유명하다. 부드럽지 못하고 직설적인 발언으로 산림에서 강하게 배척받았으나 현종이 신임하여 중용했다.

김만기는 군자의 덕에 대해서 침착하게 말을 이었다. 그는 평소부터 왕에게 하고 싶은 말을 한 것이다. 여성제의 발본색원하는 상소문처럼, 잡풀을 베려면 그냥 윗대만 베어 버리면 다시 무성하게 된다. 죄를 지은 관원들에게 형벌을 내리거나 징계를 줄 때는 뿌리를 뽑듯이 깨끗하게 척결하라는 뜻이 아닌가.

불의를 보고 침묵하면 무사하고, 옳은 말을 하는 사람은 불행을 당하고 짓밟히는 현실을 서필원을 예로 들어 정중하고 차분하게 항의한다. 이민서도 나선다.

- 왕께서는 충직한 신하들의 간언을 받아들이십시오. 정가를 떠나 도처에 숨어 있는 현명한 신하들을 찾아내십시오, 그들을 각 부처에 공평하게 등용하시어 왕의 밝은 덕을 두루 드러내소서.

이민서는 인재 등용을 공평하게 할 것, 즉 전국 각처에 은둔하고 있는 인재를 적극적으로 찾아내 공정하게 등용함으로 왕의 밝은 덕을 드러내라고 권고한다.

어릴 적 동문수학한 남구만, 김만기, 이민서 세 신하는 의기투합, 나라를 염려하는 우국충정으로 지혜를 모아 차자를 올렸다.

조금이라도 왕의 비위에 거슬리면 훌륭한 안건도, 충성

하는 신하도 쫓아내는 왕의 편협한 의식을 일깨우는 데 진력했다.

제3부

고향에 돌아오다

　남구만은 어린 시절 증조할아버지 때부터 할아버지와 아버지가 대대로 살았던 결성에서 지냈다. 가주서로 첫 관직에 나가면서부터 계속해서 외지로 직임을 받으므로 늙으신 어버이를 모실 형편이 못 되었다. 자식의 도리를 못 한 것이 항상 남구만의 마음에 거리끼었다.
　1670년(현종 11) 4월에 남구만은 벼슬에서 잠시 물러난다. 고향 결성으로 돌아가려고 결심한다. 그는 부친 금성부군이 돌아가신 후 홀로 계시는 대부인을 모시고 고향으로 간다. 전부터 가고 싶고 보고 싶던 고향 산천이었다. 결성에 돌아오면서 주변의 인사들에게 알리지 않았다. 그는 공과 사를 철저하게 구별하는 강직 청렴한 성품이었다. 행여 불미한 일이 일어날까 우려했다.

홍주 목사 이세화는 남구만과 전부터 친하게 지냈다. 그는 남구만이 고향으로 돌아간 줄 모르고 남구만의 집으로 음식을 보냈다. 아무 기별이 없다. 그가 탄식한다.

- 어찌 나를 박대함이 이와 같단 말인가.

남구만이 그를 박대한 것으로 오해한다. 이세화를 박대한 것이 아니었다. 벼슬살이에 지쳐서 잠시 고향에 돌아온 남구만은 누구든 만나기를 조심했다. 어느 날 이웃 노인이 남구만을 찾아왔다.

- 회화나무 한 그루를 드릴 테니 한 그루 심어보시게나.

회화나무는 예로부터 귀하게 취급되어 온 나무다. 집 안에 심으면 행복이 찾아온다는 말이 전해져 누구나 즐겨 심었다. 얼마 후 이웃 노인에게 다른 사람이 찾아와 회화나무를 달라고 했다는 말이 들려왔다. 남구만은 그 회화나무를 심지 않았다. 회화나무가 아무리 좋은 나무라 해도 조금이라도 무슨 빌미가 생길까, 남구만은 아예 그런 빌미를 차단했다.

남구만은 태생적으로 술을 좋아하지 않았다. 연회 자리에 가도 기생이 옆에 앉아 시중드는 것을 몹시 싫어했다. 또한 드물게 아름다운 꽃과 진기한 돌을 보아도 마음이 담담했다. 집 안에 유명 인사의 서화를 걸어두지도 않았다. 매사 소박하고 조촐했다.

- 남을 해치지도 않고 재물을 탐하지도 않으면 어찌 선하지 않겠는가.

남구만은 자손들에게도 검소와 절약을 교훈했다. 어떤 경우에도 재물을 탐하지 않았고 쾌락에 물들지 않았다. 남구만이 아들 학명의 처, 자부의 상을 당했을 때였다.

- 부의는 일체 사절하라. 내가 지금 관청을 집으로 삼고 있으니, 어찌 죽은 사람을 장송하기에 부족하겠는가.

조정의 녹봉을 받는 관리로서 장례를 능히 치를 수 있다고 부의를 받지 않았다. 친척, 친구의 혼례와 초상에도 간소하게 성의를 표했다. 그는 삼베 한끝도 함부로 낭비하지 않았다.

고향 집을 떠나 있을 때에 아들 학명에게 서찰을 보내 집안과 가족을 걱정했다. 관직에 있는 아버지를 염두에 두고 주변 관리를 잘하도록 누누이 충고했다. 그는 아들 학명에게 오직 학문에 정진할 것을 당부했다.

- 내가 관직에 있으니 반드시 아첨하고 부추기는 자가 있을 터이다. 각별히 주의하고 멀리하라. 감언이설과 아첨으

로 권력자를 자기편으로 끌어들여 사리사욕을 채우려는 자를 경계하라. 너는 모름지기 고요히 앉아 책을 읽도록 하라.

　고향에 돌아온 남구만은 조석으로 노모에게 문안드리고, 식사와 잠자리를 정성껏 돌보았다. 대소가 집안의 어르신들에게도 배운 대로 섬김을 다했다. 그가 고향에 돌아온 것은 조정 일에 분망하여 집안 대소가를 비롯해, 가정사에 소홀했던 점을 만회하려는 뜻이 포함되어 있었다.

낚시의 묘리

　고향 집 뒤에는 작은 연못이 있다. 연못 주위로는 소나무와 각종 수목이 어우러져 새소리와 함께 경치가 수승했다. 연못의 넓이는 수십은 되고, 깊이가 6, 7척이 채 못 되어도 물이 맑았다. 남구만은 긴 여름날 연못에 나간다. 물고기들이 노닐며 물 위로 입을 빼끔거리는 것을 바라본다. 마음이 평화로웠다.
　- 낚시 한번 해보시겠습니까?
　처음 보는 사람이 다가왔다. 그가 남구만에게 낚싯바늘을 만들어 주었다. 남구만은 그 사람이 시키는 대로 낚싯대를 연못에 드리운다. 고기는 한 마리도 잡지 못했다. 어린 시절 김익희 스승님 밑에서 학문할 적에 김만기 형제, 이민적 형제들과 계곡에서 얼금얼금한 큰 그물로 고기 잡을 때에 비하면 성적이 영 좋지 않았다.

다음 날 다시 낚시터로 나갔다. 다른 사람이 남구만에게 낚싯바늘에 미끼 꿰는 법을 가르쳐 주었다.

- 낚싯바늘 끝을 조금 펴서 밖으로 향하게 하시오.

말만 듣고는 자신이 서지 않았다. 그 사람에게 부탁했다. 그 사람이 남구만의 낚싯바늘을 교정해 주고 갔다. 그날 남구만은 겨우 물고기 한 마리를 잡았다. 한 마리 물고기도 남구만은 대견했다.

다음 날도 연못에 나갔다. 두 사람이 나타났다. 남구만은 그 두 사람에게 물었다.

- 고기가 왜 안 잡히는지요?

- 낚싯바늘을 눌러서 굽힐 적에 반드시 굽힌 곡선의 끝을 짧게 해서 겨우 싸라기 한 톨을 끼울만해야 한다. 굽힌 곡선의 끝부분이 너무 길어서 물고기가 삼킬 수가 없어 내뱉는 것이다.

싸라기 한 톨을 설명한 그 사람에게 남구만은 낚싯바늘을 교정해 달라고 부탁했다. 그런 후 낚싯대를 연못에 드리

왔다. 물고기가 낚싯바늘을 물긴 했다. 낚싯줄을 들어 올리자 고기가 빠져나갔다. 옆의 낚시꾼이 다가와 참견한다.

- 낚싯줄 당기는 방법이 빠졌다. 낚싯줄에 찌를 매다는 것은 부침을 일정하게 하여 물고기가 바늘을 삼켰는지 뱉었는지를 알기 위한 것이다. 찌가 움직이기만 하고 아직 잠기지 않은 것은 물고기가 낚싯바늘을 아직 다 삼키지 않았는데 너무 빠르게 낚싯줄을 끌어 올린 때문이다. 반드시 잠길락 말락 할 때 당겨 올려야 한다.

'잠길락 말락?' 낚시에 도가 튼 분의 말씀인가. 그 사람이 또 말했다.

- 또 당겨 올릴 때에도 손을 높이 들고 곧바로 들어 올리면 안 된다. 물고기의 입이 벌어져 있어 낚싯바늘 끝이 아직 걸리지 않아, 고기가 낚싯바늘을 따라 입을 벌리면 낙엽이 나무에서 떨어질락 말락 하듯 떨어져 버린다.

'낙엽이 나무에서 떨어질락 말락?'

그 말이 신기하고 묘했다. 그 사람의 낚시에 관한 설명은 아직 끝이 나지 않았다.

- 그러므로 반드시 손을 비질하듯이 옆으로 비스듬히 기울여서 들어 올려야 한다. 물고기가 막 낚싯바늘을 목구멍으로 삼킨 다음, 낚싯바늘의 갈고리 부분이 목구멍에 걸려

좌우로 요동을 치고 펄떡거릴수록 더욱 단단히 박힐 것이다. 이때 고기를 놓치지 않는 것이다.

남구만은 그 사람의 말을 듣고 '손을 비질하듯이'를 따라 해본다. 마침내 서너 마리의 물고기를 잡았다. 모처럼 흐뭇했다. 그 사람이 남구만의 낚싯대를 가져다가 연못에 드리운다.

- 법은 다 했으나 묘리는 다하지 못하였다.

'낚시의 묘리?' 남구만은 인간 세상에만 묘리가 있는 줄 알았더니 참으로 낚시가 흥미로웠다. 묘리를 말한 그 사람이 낚싯대를 호수에 드리웠다. 물고기가 낚싯바늘을 머금고 앞을 다투어 올라왔다. 낚시 선생 그 사람은 물고기를 잡느라고 손을 멈출 새가 없다. 남구만이 놀란다. 점점 낚시에 호기심이 일었다.

- 묘리가 이 정도에 이른단 말입니까? 그 묘리를 저에게도 가르쳐 주실 수 있습니까?

- 묘리는 말로 가르쳐 줄 수 있는 게 아니다. 가르쳐 줄 수 있다면 묘리가 아니다.

그의 말을 들을수록 남구만은 묘리가 궁금했다. 세상에 가르쳐 줄 수 없는 묘리도 있는가.

- 정히 알고 싶으면 한 가지 말을 하겠다. 그대가 나의 말

을 믿고 온 정신을 쏟고 마음을 다하여 아침에도 저녁에도 낚싯대를 드리우고, 날짜가 쌓이고 달수가 좀 걸리더라도 꾸준히 익히도록 하라. 그대의 손이 우선 그 알맞음을 가늠하고 마음도 우선 앎을 터득할 것이다. 이렇게 해도 묘리를 터득할 수도 터득하지 못할 수도 있다. 혹 은미한 것까지 통달하고 지극한 묘리를 다할 수도 있으며, 그중 한 가지만 깨닫고 두세 가지는 모를 수도 있다. 혹은 하나도 알지 못하여 도리어 의혹할 수도 있다. 혹은 스스로 깨닫게 된 까닭을 자신도 알지 못할 수도 있으니, 이는 모두 그대에게 달려 있다. 내가 어찌 간여할 수 있겠는가.

남구만은 감탄한다. 그 사람의 낚시 묘리를 듣고 보니, 이는 낚시 강의가 아니라 인생 강의 같았다. 인생살이 역시 하느님 부처님이 손바닥을 펴 보이듯 세세하게 가르쳐 주는 게 아니다. 스스로 삶의 진리를 터득해야 하는 것 아닌가. 벼슬살이도 그와 같을 것이다.

- 손님의 말씀이 참으로 훌륭하십니다. 어찌 이를 낚시에만 적용하겠습니까? 옛사람의 말에 "작은 것으로 큰 것을 비유할 수도 있다." 하였으니 바로 이와 같은 게 아니겠습니까.

남구만은 그 손님의 낚시 강의를 듣고 세상 이치를 확연히 꿰뚫어 볼 수 있는 혜안이 열린 듯, 기분이 고양되었다.

 – 어, 이 사람도 예사 사람이 아니로다.

 낚시의 묘리를 설명해 준 사람이 속말을 중얼거리며 손을 흔들고 연못을 떠났다.

 대부인은 해거름에 남구만이 낚싯대를 짊어지고 집으로 돌아오면 아들의 어릴 때 모습이 떠오른다. 대부인의 얼굴에 소담한 미소가 피어난다. 아들이 매일 연못에 나가고 해 저물어 돌아오더라도 아들이 곁에 있어 주는 것만으로도 대부인은 심신이 태평하고 즐거웠다.

고향의 오랜 친구

　남구만은 벼슬살이를 하다가 모처럼 대부인을 봉양하려고 고향에 왔다. 낚시의 묘리도 배우고 어릴 적 친구 김생도 만났다. 진사에는 합격했으나 십수 년이 흘러도 복시에 한 번도 급제하지 못하고 늙어버린 고향 친구였다. 그와 함께 글을 짓고 놀던 것이 25년 전이다. 서로 만나 밤이 깊도록 회포를 풀었다. 고향의 옛 친구가 남구만에게 시골에 사는 즐거움을 말한다.
　- 무릇 조정에서 벼슬하는 자가 고향으로 돌아오는 것은 스스로 편안하려고 하는 것이고, 스스로 애쓰고자 해서가

아니다. 애쓰는 것은 일이 있어 걱정함에 있고, 편안함은 일이 없어 즐거움에 있다. 내가 지금 살펴보니 추구하는 길이 서로 다르니, 바라건대 그대는 한 가지 일도 하지 말고, 한가롭게 유유자적하면서 시골에 사는 즐거움을 누리는 것이 유쾌하지 않겠는가?

 - 김생이 나를 가르쳐 주는 것이 가상하구나. 김생의 뜻 내가 안다.

남구만이 고향 친구에게 말을 하고는 곧 시를 지었다.

    내 고향에 돌아와 몸이 편안함이여

    이제 장차 무슨 일 하며 스스로 즐거워하겠는가

    이미 거문고와 술을 잘하지 못하고

    또 활쏘기와 바둑을 배우지 못했네…

    냇물에서 작살질하여 생선을 먹으려 하면

    다른 사람이 작살질 못할까 두려우며

    산에서 나물 캐어 향기로운 산나물 먹으려 하면

    다른 사람이 캐지 못할까 염려되네…

    선대로부터 물려오는 집 이 몸을 보호할 수 있고

척박한 밭이 족히 굶주림을 면할 수 있네

들어가 자친(慈親)의 안색을 받들고 나와서 친척을 만나면

앉아서 분소˚를 대하고 다니면서 자라는 벼를 보노라…

    남구만은 즉석에서 귀전락사(歸田樂辭)를 읊었다. 냇물에서 작살질하여 고기를 잡으면 다른 사람이 작살질하지 못할까, 산에서 향기로운 나물을 캐어 먹으려 하면 다른 사람이 캐어 먹지 못할까, 심성이 어질고 선한 남구만이 타인을 먼저 배려한다.

    - 이같이 하면 시골에 사는 즐거움을 얻어서 김생의 가르침을 저버림이 없겠는가.

    남구만의 고매한 인품이, 겸손한 거동이 귀전락사를 통해서 시골의 오랜 친구 김생에게 그대로 전달되었을까.

    남구만에게 고향 생활은 불과 몇 달에 불과했다. 그는 낚시의 묘리를 깨닫게 된 것, 낚시를 직접 체험한 것에 못지않게 고향에 눌러사는 고목 같은 듬직한 옛 친구를 만난 것, 더구나 잠시나마 대부인을 곁에서 모신 것은 그의 인생에

---

*   분소(墳素): 분은 《삼분(三墳)》으로 삼황(三皇)의 글을 가리키고, 소는 소왕(素王)으로 공자(孔子)를 가리키는 바, 옛날 성현이 지은 전적(典籍)

서 가장 큰 보람이고 행복이었다.

그는 얼마 후 조정의 부름을 받고 한양으로 올라간다. 고향에서의 안락한 시간은 남구만의 인생과 정치 가도에 적지 않은 영향을 끼쳤다.

제4부

쌀밥 한 그릇

　고향에 머물며 한가로이 지내던 남구만은 조정으로부터 청주 목사 임명장을 받는다. 청주 지역은 그의 고향 결성에서 과히 멀지 않은 곳이었다. 하지만 나이 드신 대부인 곁을 떠난다고 생각하니 마음이 무거웠다. 남구만은 잠시 대부인을 우러른다. 대부인에게 큰절을 올린다.
　- 어머님! 다시 뵐 때까지 모쪼록 청안하시기를 바랍니다.
　- 조심히 올라가시게. 이곳일랑 손자 학명이가 있으니 암 걱정 말게나.
　대부인 말씀은 지극히 평범하다. 하지만 그 뜻은 집 뒤

연못의 물길보다 더욱 깊었다. 마을 사람들이 길 떠나는 남구만을 배웅하려고 동구 밖까지 나와 작별 인사를 했다.

 - 부디 가시는 곳마다 선정을 펼치소서. 자당님은 우리가 서로 도와 잘 살펴드리도록 하겠습니다.

 청주 목사로 부임했다. 청주 지역은 해마다 흉년이 들어 고을마다 굶주리는 백성이 넘쳐났다. 이들을 구제하기 위해 도움을 요청할 만한 부호도 없다. 물길이 닿지 않아 다른 곳에서 곡식을 실어 올 수도 없다. 여러 가지 문제가 대추나무에 연 걸리듯 엉켜 있었다. 당장 해결책을 찾기에는 지역의 특성으로 보아 어려웠다. 열 가지, 백 가지, 모든 현안 문제를 정확히 진단하여 왕께 알린다. 왕의 선처를 촉구해야 했다. 왕의 조치가 곧바로 내려오는 것도 아니었다.

 남구만은 깊은 밤 호롱불 심지를 돋운다. 갑갑하고 기막힌 심정을 우선 숙부 남이성에게 하소연한다.

 - 숙부님! 임지에 도착하여 숙부님에게 청주 지역의 참담한 정황을 글로 알려드리게 되어 송구함을 면치 못합니다. 이곳은 극심한 가뭄으로 흉년이 해마다 이어져서 곳곳에 굶어 죽은 시체가 날마다 늘어나고 있습니다. 조정에서는 현지 사정을 모르고 대책을 세우지 않으니, 이 난관을 어

떻게 헤쳐 나갈지 암담합니다.

붓을 들어 몇 자 쓰는 중에 그의 두 눈에 눈물이 고인다. 아무리 흉년이라 해도 이 정도로 심각한 줄 미처 알지 못했다. 한 고을을 맡고 있는 관료로서 그는 자괴감과 함께 막중한 책임을 느낀다. 일반 백성보다 백정이나 노비들의 참상은 훨씬 더 참혹했다.

- 이곳의 노비들은 거의 살아남은 자가 없습니다. 대부분 병을 앓다가 죽었고, 그 우두머리의 어미 또한 끝내 굶어 죽고 말았습니다. 죽은 이의 평생소원이 밥 한번 배불리 먹는 것이었다는데, 쌀밥 한 그릇이면 족할 것을 배고픔이 병을 이길 수가 없었습니다. 날마다 죽음이 이어집니다. 관청에 비축한 곡식을 백성들에게 나누어 주어도, 허기진 목숨들을 일일이 구할 수가 없습니다. 이것이 어찌 보리가 날 때까지 연명할 양식이 되겠습니까. 저는 오직 통곡으로 백성들에게 답할 뿐이어서 가슴이 미어집니다.

밤을 새워 하소연해도 다 할 수 없을 만큼 사연이 줄줄이 이어진다. 그는 일단 붓을 놓고 한숨을 내쉰다.

잠시도 마음을 놓을 때가 아니었다. 그가 다시 한지를 펼친다. 왕께 보낼 상소문을 작성한다. 왕을 직접 뵐 수 없으므로 남구만의 명문장이 오직 상소문에 끝없이 이어진다.

상소문 작성은 길고 먼 사래 긴 밭을 맨손으로 갈아엎는 고역에 다를 바가 없다.

  왕께 농지세와 대동미를 청주 지역에 그대로 남겨두게 해달라고 호소했다. 이는 가장 시급한 사안이었다. 상소를 올리고 나서 우선 자신의 월급을 절약하여 죽을 쑤어 배고픈 백성들을 구제한다. 또한 관청에 남아 있는 쌀과 밀가루를 풀어 급한 것부터 해결하기로 결심한다.

신역

- 신은 백성을 다스리는 직책을 맡았는데, 어리석고 어두워 사리에 맞게 처리할 줄 모릅니다.

남구만은 왕께 겸손함으로 운을 뗀다. 청주 지역 백성들의 굶주림, 참혹한 정황과 마주친 심정을 왕께 상세하게 기술한다.

- 온 고을에 가뭄이 들어 농지에 곡식을 심을 수가 없습니다. 백성들이 오래 굶주려 서로 잡아먹을 지경에 이르렀습니다. 관리들도 어떻게 처리할지 몰라 지쳐 있고, 고을 전체가 삭막하여 살고자 하는 뜻을 잃었습니다. 너무나 답답

하여 큰 형벌을 무릅쓰고 이곳 청주 지역의 사정을 조목조목 나열하오니 성상께서는 살펴주소서.

남구만은 왕께 신역*에 대해서도 상소한다. 농민에게 신역은 큰 부담이었다. 항상 힘없는 농민에게만 주어지기 때문이었다.

- 본 주는 지역의 경계가 매우 넓습니다. 다스릴 지역이 가까우면 40, 50리 이상이고, 멀면 거의 100리에 이릅니다. 이 사이에 산중과 물가의 100여 리는 곡식을 전혀 심을 수 없고, 평야와 시냇가는 그나마 겨우 낫을 댈 곳이 있습니다. 그러하므로 재해를 입을 경우 도백**은 사태 조사에 본 주를 두 번째로 했습니다.

재해가 발생했을 때, 청주 지역의 조사가 불공평하게 되었다고 한다. 청주 지역은 넓고 멀기만 할 뿐, 농사지을 땅은 적다고 기술한다. 왕께 본도의 도백이 각 면을 구별해 제작한 책자를 진휼청에서 받아 살펴보시라고 권한다. 그 책자를 보면 청주 지역의 실정을 잘 파악할 수 있을 것으로 믿었다.

---

*   　신역(身役): 몸으로 치르는 노역(勞役)
**　도백(道伯): 현대의 도지사

- 농사지을 땅이 다른 고을에 비해 두 배나 적은데도 재해 실태를 구별할 때 청주 지역을 두 번째로 놓아 신역을 면제해 주는 은혜를 입지 못했습니다. 왕께서는 신역을 면제해 주시어 공평하지 못하다는 원망이 없게 하소서.

당시 16세는 입역*을 시작하는 연령이 아니라 신역을 부과할 수 있는 최저 연령이었다. 실제 입역 기간은 상당한 차이가 있었다. 장기간의 신역으로 인해 농사지을 인력을 확보하지 못한다. 농민의 파산을 막기 위한 대책이 바로 호 단위로 편성한 봉족제와 분번제였다.

봉족제란 신역을 담당하지 못할 경우 그 비용을 내는 것이고, 분번제란 실제로 입역해야 하는 장병으로 군역에 복무하는 정군들끼리 일정한 기간을 번갈아 복무하게 하는 제도였다.

청주 목사 남구만은 이러한 제도에도 불구하고 차별이 심한 청주 고을에 신역을 면제해 주기를 왕께 간청했다.

---

* 입역: 나이가 찬 노비의 자손이나 재산을 몰수당한 양인(良人)이 노비의 신분을 가지고 천역(賤役)에 종사하던 일

시체가 골짜기를

 팔도 전역에 대기근이 들어 살기가 어려웠다. 그중에서도 청주 지역의 사정은 차마 눈 뜨고 볼 수 없을 정도였다.
 - 신은 청주 목사로 부임하고 나서 관찰사 감영에 이 지역의 죽음을 4차례나 보고했습니다. 굶다 지쳐 삶을 포기하고 죽기를 바라는 사람, 살길이 막연해 어린 자식을 팔거나 버리는 사람, 백성들이 굶고 병들어 죽어 시체가 골짜기를 메울 지경이옵니다. 지금 청주 관아에 비축한 곡식으로 보릿고개를 당한 10여만 명의 목숨을 구제하는 것은 한 수레의 섶나무 불을 한 잔의 물로 끄는 것과 같습니다. 수납한

환곡이 조정에서 정한 수량에 미치지 못합니다. 관에서 그들로부터 더 무엇을 거둬들이기는 불가능합니다.

상소를 작성하는 중에도 그는 연속 눈물이 흘러 한지를 적신다. 청주 지역의 참상은 차마 눈 뜨고 볼 수가 없다. 굶어 죽은 시체가 골짜기를 메울 지경이라고 통탄한다. 인구 10여만 명이 보릿고개를 어떻게 넘어가야 할지 걱정이 태산이다. 관에서 청주 지역의 굶주린 백성들에게 무엇이 되었든 한 푼도 더 거둬들일 수 없다고 단언한다.

- 본 주의 전세와 남은 대동미를 배로 운반하는 중에 허비한 것이 더 많습니다. 백성은 셋을 냈는데 한양에 도착한 것은 하나에 불과합니다. 차라리 현재 보관하고 있는 대동미로 백성을 구휼하는데 사용하면, 비록 굶주린 백성을 다 구제하지는 못하더라도 조금은 도움이 될 것입니다. 밝으신 성상께서 굽어살피소서.

남구만은 비장하다. 청주 목 창고에 보관한 대동미를 굶주린 백성을 구휼하는 데 사용하겠다고 뜻을 밝힌다. 근근이 살아남은 백성까지 모조리 다 죽게 해서는 안 된다고 열변을 토한다. 이 외에도 청주 지역의 문제는 더 있다.

병사의 마음을 잃지 마소서

― 속오군*에게 당초 복호**를 준 것은 신이 잘 모릅니다. 복호는 이미 법식을 만들어 군사를 우대하고 구휼하는 것으로 삼았습니다. 이제 흉년을 당하여 복호를 빼앗는다면, 도처에서 오래 굶어 기갈 들린 사람들이 변란을 일으킬지 저는 예측도, 장담도 할 수 없습니다.

남구만은 속오군에게서 복호를 빼앗는 것은 군사들의 원

---

* 속오군(束伍軍): 임진왜란 이후에 지방에 설치된 양민, 천민으로 구성된 혼성 부대
** 복호(復戶): 충신, 효자, 절부(節婦) 등에게 조세, 부역을 감면해 주는 것

망과 한탄을 피할 수 없다. 그러므로 그들이 변란을 일으킬 위험도 있다고 고한다. 속오군만 신역을 대신해 삼베, 모시 무명, 쌀, 돈을 바치는 신공*을 하게 하는 것은 불공평하다. 관에서도 처리하기 어렵다. 군적이 아직 이루어지지도 않았다. 이처럼 어려운 시기에 신공을 징수하라는 명을 내린다면, 백성에게 강제로 얻은 물건이 백성에게 잃은 국가의 신용을 보충하지 못하게 된다고 호소한다. 이는 국가의 신용을 잃게 될 수도 있는 중대 사안이었다.

- 성상께서는 의정부에 하문하시어 속오군의 복호를 그대로 존속시키시고, 쌀과 베를 징수하라는 명령도 환수하시어 병사들의 마음을 잃지 마소서. 신역은 풍년을 기다려 다시 의론하심이 옳을듯하옵니다.

남구만은 지독한 흉년을 당해 어찌 논밭에 물리는 전결과 군역이 감소한다는 구실로, 속오군 군사들의 궁한 사정을 고려하지 않느냐고 항의한다. 지난날 송나라 청주에서 부필**이 굶주린 백성을 구휼한 '모집한 법'과는 상반된다고

---

* 신공(身貢): 조선시대 노비가 신역(身役) 대신 삼베나 무명, 모시, 쌀, 돈 따위로 납부하던 세
** 부필(富弼): 북송 인종 때의 명재상. 그는 청주(靑州) 자사(刺史) 때에 공사(公私)의 집 10여만 채를 가려서 유랑민 50여만 명에게 거처를 제공하고 국가의 식량을 지급, 이들을 군사로 모집해 1만여 명을 병졸로 삼으니 천하의 미담으

신역의 부당함에 대해 왕에게 거듭 호소한다.

- 속오군에게 준 복호를 다시 빼앗고 속오군만 신공을 면할 수 있게 한다면 이보다 더 불공평한 일은 없습니다. 만약 또 신공을 징수하고자 한다면 다시 원망을 사고 신용을 잃어 우려할 만한 단서가 될까 염려됩니다. 성상께서는 살펴주소서.

로 삼았다.

병영 이전

― 본 주는 본래 큰 부(附)로 알려져 있어 병영을 처음 옮길 때에 목사 직책을 겸하도록 했습니다. 병역의 온갖 부역이 모두 본 주로 돌아와서 백성이 이를 감당하지 못합니다. 병영에서 사용하는 땔나무와 빙정*에 드는 비용이 두 배에서 다섯 배에 이르렀는데 이것을 본 주에서 부담하고 있습니다. 이것이 첫 번째 문제로 병영이 해미**에 있을 때는 없

---

* 빙정(氷丁): 빙부(氷夫). 얼음덩이
** 해미(海美): 정해현(貞海縣)과 여미현(餘美縣)의 두 고을 이름에서, 하나씩 따서 해미로 합성한 것이다. 천수만(淺水灣)의 깊숙한 곳에 가려져 있고, 배후에

던 일입니다.

병영이 해미에서 청주로 옮겨와 발생한 문제를 왕께 자세히 아뢴다. 두 번째는 병영의 부역에 백성을 마구 부리고 있다는 것이다. '부역에 책임을 져야 할 병영 소속의 하인들은 팔짱을 끼고 앉아 구경만 한다. 백성들이 이 부역을 피해 도망가니 열 집에 아홉 집이 비어 있다.'고 한다. 세 번째는 노비 문제였다.

– 지금 병영에서는 원래의 노비를 모두 데려왔고, 새로운 노비를 모두 세워 부역시키고 있습니다. 사환(使喚)을 계산해 보면 해미에 있을 때보다 곱절이나 됩니다. 그런데 본주에서는 채소를 가꾸는 채한, 관아에서 차와 술대접 등의 잡일을 맡았던 다모, 밥을 짓는 취반비가 부족합니다. 사내종 한 사람이 병영의 채소를 공급하고, 한 계집종이 병영의 사환에 응해 병영의 날짜를 바꿔가면서 보내어 마치 짧은 줄을 빙빙 돌리듯이, 노예처럼 부립니다. 이 때문에 도망치고 뿔뿔이 흩어져서 거의 남은 자가 없습니다.

병영을 옮겨옴으로 청주 목사 남구만이 골치를 앓게 된

는 이 지방 최고봉인 가야(伽椰)산이 둘러 있으므로, 전략적 요새지에 알맞다. 그리하여 원형이 잘 보존된 사적지(제116호)로서의 해미읍성이 오늘에도 남아 있다.

문제는 그 대표적인 것만 예를 들어도 더 늘어난다. 남구만은 상감께서 의정부의 하문을 거쳐 공평하지 못한 병영 비용에 대하여 조치해 주기를 바란다고 소를 이어간다.

- 네 번째는 병영에서 진상하는 방물*값의 가미**를 낼 적에 쌀 1두마다 숯 1석을 만들어 바치는데, 1석의 숯은 2~3석이 아니고는 숫자를 채울 수가 없습니다. 한번 대동법을 설립한 뒤에는 쌀 10두 안에 각종 부역이 포함되었고 다시 한 푼도 백성에게 배정하는 일이 없었습니다. 지금은 이미 쌀 10두를 바치게 한 뒤에 그 쌀을 도로 주어서 숯을 마련하게 하니 이는 대동법 취지에 맞지 않습니다.

남구만의 상소는 계속 이어진다.

- 다섯 번째는 부역 잡역이 불공평합니다. 병영에 속한 하인들은 원래 정한 부역을 나갈 적에 부역에 나가지 않는 여정을 세 사람 보내 집안일을 도와주는 봉족이 있어 하번***이 열 달, 부역은 두 달뿐입니다. 백성들은 병자가 아니면 모두 병영에 소속되고, 강보에 싸인 젖먹이까지 나이가 차

---

* 방물(方物): 감사나 수령이 임금에게 바치던 그 고장의 산물
** 가미(價米): 용역이나 물품의 대가로 주는 미곡
*** 하번(下番): 1. 순번이 아래인 사람. 2. 순번이 바뀌어 교대 근무를 마치고 나오는 사람. 3. 중앙으로 올라온 군사가 복무를 마치고 지방으로 내려가던 일

기를 기다려 문서에 올리고 있으니 큰 차이가 납니다.

구구한 내용을 왕께 아뢰는 남구만은 가슴이 미어지는 것 같다. 게다가 청주 고을 수십 면에 주인이 각각 따로 있어서 명령이 제대로 실행되지 않는다고 통탄한다.

- 청주 상당산성에 주재하던 종3품 무관 진무, 지방 관아에 속한 지인, 병조에 속한 하급 직원 나장, 군영 관아에서 죄인을 다스리는 군졸, 군뢰 등의 부역은, 본래 양인으로 정군과 같이 대우하고 있습니다. 바라건대 의정부에 하문하시어 노비, 부역, 병영 비용 등, 모든 문제를 조속히 해결해 주시면 매우 다행이겠습니다.

양인들은 하급직이라도 소속에 따라 일반 백성들과는 대우가 달라진다. 이와 같이 불공정한 부역, 땔 나무, 빙정, 병영 수리 등, 그 외에도 너무 자질구레해서 왕께 아뢰기조차 어려운 문제가 더 있다.

살아남은 사람이라도

위에 거론한 문제뿐이 아니다. 영장*이 진영을 설치한 이후에 영장에게 공급하는 찬 값이 무려 쌀 수백 석에 이른다. 아사자가 속출하는 청주 지역에서 상당히 중대한 문제였다. 전세와 대동미를 본 주에 남겨두어 겨우 살아남은 사람들이라도 산천을 떠돌아다니거나, 굶어 죽어 시신이 골짜기를 메우지 않도록 해달라고 반복해서 상소를 올린다.

---

* 영장(營將): 조선 시대에 둔 각 진영(鎭營)의 으뜸 벼슬. 정3품 벼슬로 중앙의 총융청, 수어청, 진무영에 속한 것과 각 도의 감영(監營), 병영(兵營)에 속한 것 두 가지 계통이 있는데, 모두 지방 군대를 관리하였다.

다소 여유가 있고 누에치기와 농사에 힘쓰는 자들에게는 세금과 부역을 줄여 주기를 바란다고 주를 달았다. 남구만은 당나라 때 소식(蘇軾)이 항주에 부임했을 당시를 예로 들었다. 소식이 임금에게 아뢨다.

- 부호가 전호*를 불러들이는 것은 토지세를 받아먹기 위한 것이지 인의(仁義)를 행하려는 것이 아니었습니다.

부호들은 수해나 한해의 경우 전호의 포흠**을 면제해 주고 씨앗과 양식을 빌려주었다. 전호가 사라지면 농사를 지을 수 없기 때문이다. 이는 부호들의 유익을 위해서라고 한다. 또한 영장이 진영을 설치한 이후 대폭 증가한 비용 문제를 남구만은 우선적으로 해결하고자 했다. 영장에게 공급하는 찬 값을 절약해서 청주 지역의 살아남은 사람이라도 더는 죽음을 택하지 않도록 구제해야 한다고 왕께 읍소한다.

- 본 주는 이처럼 과다한 비용에 재정이 고갈되고 병영이 한 곳에서만 얻어먹게 되어 병영은 남는 것이 없습니다. 본 주는 산과 바다가 없어 찬을 장만하기가 어렵습니다. 본 주가 홀로 영장에 공급을 담당하니 불공평합니다. 다른 도

---

* 전호(佃戶): 지주에게 땅을 빌려 농사를 지어 소작료를 내는 농민
** 포흠(逋欠): 조선 시대 관청의 재화(財貨)를 사사로이 사용하거나 조세를 납부하지 않는 행위

의 규례대로 영장에 공급하는 찬을 각 읍에 나누어 배정한다면 본 주는 무거운 짐에서 벗어날 수 있습니다. 밝으신 성상께서 조처해 주시면 다행이겠습니다.

왕은 백성들의 삶의 실태를 궁궐에 앉아서 상소로만 접한다. 남구만은 상소 작성하느라 대부분의 시간을 소모한다. 백성들의 생사가 달린 문제이므로 거듭 상소를 올린다.

청주 고을의 사래 긴 밭은 옥토가 아니고 돌밭인가. 곡괭이와 삽이 있다고 해결될 문제가 아니었다. 그보다 시급한 것은 죽음에 처한 백성을 긍휼히 여기고 재빨리 구제하려는 왕심(王心)이었다.

제5부

한겨울의 참상

　남구만은 왕과 조정의 협조로 많은 성과를 거두었다. 청주 목사직에서 물러난다. 이듬해 함경도 감영에 부임한다. 남도보다 겨울 추위가 더 일찍 찾아오는 그곳에 도착한다. 그는 북쪽에서부터 곧바로 순행을 시작한다. 함경도 백성들의 삶이라고 지난해 청주 목사 시절에 겪었던 참상과 별 차이가 없다. 추운 지방이라 백성들은 고통이 한층 더 심했다. 남구만은 부령*을 순행하다가 그의 심정을 시로 지었다.

---

*　부령(富寧): 지명 함경북도 중동부에 있는 군. 농산물, 축산물, 임산물, 수산

젊었을 적에 북방을 걱정하여

옥당에서 상소를 올렸는데

지금 부임해 와서 흉년을 만나

백성들 죽는 것 참혹하게 보노라

죽음 구제하기에도 넉넉지 못하니

어느 겨를에 국경을 튼튼히 할까

봄철에 멀리 순행하여 임금님 뜻 전하고

풍속을 묻느라 황폐한 고을 모두 찾아다니네

구휼을 의논하니 위험에 빠진 자들 우선하고

농사를 권장함에 봄철에 미리 해야 한다오

다만 옛 마음을 저버릴까 두려우니

어찌 감히 길 다니는 것을 꺼릴까

    부령은 본시 농축산물, 임산물, 수산물, 광산물이 생산되는 넉넉한 지역이었다. 흉년을 만나니 부령도 어려움이 많았다. 순행 초부터 남구만은 우려한다. 국경을 튼튼히 하는

물, 광산물이 많이 난다. 옥포온천이 있고, 명승고적으로 백사봉, 고무산성이 있다. 군청 소재지는 부령, 면적은 1,900km^2

것도 급하다. 굶주린 백성들을 구휼하는 것은 더 시급하다. 겨울철이라 곡식을 거둬들인 끝이어서 농작물 수확량과 피해 상황을 확인할 수도 없다.

관찰사 남구만은 수령들의 보고와 백성들의 호소를 들었다. 도울 수 있는 최선의 방법을 모색했다. 동지섣달 긴 겨울밤 경흥에 이르러 붓을 달려 상소문을 작성한다.

- 겨울철이 반이나 지나도록 북쪽 지방을 모두 순행하고 나서 우선 장계로 보고합니다. 백성을 구제할 방법을 논하자면 빨라도 설이 지나야 할 것 같습니다. 관에서 빚을 독촉한다면 겨우 목숨만 보전한 백성들도 재력이 고갈되고 가산을 탕진하게 될 것입니다. 그때는 조정에서 백성들에게 베푼다고 해도 건어물 가게 좌판에 올라 있는 마른 물고기에 물을 주는 것과 같습니다. 백성들에게 가장 필요한 것은 곡물입니다.

남구만이 보기에 갑산과 삼수는 형편이 훨씬 더 화급했다. 하루라도 빨리 구조해 달라는 요청이었다. 형편이 나은 고을에서 관청과 백성이 지니고 있는 식량을 다 합쳐도 3, 4월을 간신히 견딜 정도였다. 어려운 고을은 1, 2월에 양식이 떨어지게 된다. 보리 수확은 6, 7월이나 가능하다. 봄이 오기 전에 모두 굶어 죽을 지경이었다. 함경도 지방이 처한

급박한 사정은 남구만이 아들 남학명에게 보낸 편지에서도 능히 짐작할 수 있다.

- 육진*의 흉년은 참혹하여 말로 다 할 수가 없구나. 황자파에 이르니 권관**이 나와서 가마를 가로막고 통곡하는구나. 내 눈에서도 눈물이 샘솟듯이 흘러나왔다. 그에게 먹는 음식을 물었더니 귀리를 껍질째 끓인 죽인데, 귀리가 밭에서 누렇게 시들고 냄새가 날 정도로 변한 것이라 먹으면 배가 아파 견딜 수가 없다고 한다. 관원도 이러한데 그 아랫사람들이야 더 말할 나위가 있겠느냐.

남구만의 편지는 더 이어지지 않았다. 눈물이 흘러내려 붓을 움직일 수가 없다. 학명은 함경도 실정을 눈으로 직접 본 일이 없지만 아버지의 편지는 아들을 울리고도 남았다. 학명은 자나 깨나 나라와 백성을 염려하는 부친 남구만의 고충을 십이분 헤아린다. 한지에서 고생하시는 아버지가 병이라도 걸리실까 몹시 걱정한다.

예전부터 북쪽 지방 사람들은 고을마다 식량부족으로 토착민이나 유민들 모두 생계 문제가 심각했다. 오지인 삼

---

* 육진(六鎭): 조선시대에, 함경북도 북변을 개척하여 설치한, 경원 경흥 부령 은성 종성 회령의 여섯 진
** 권관(權管): 변경의 각 진에 두었던 종9품의 무관 벼슬

수와 갑산에서는 몰려온 유민들을 돌려보내기 위해 장정 30~40명을 옥에 가두었다. 남구만이 수령들에게 일렀다.

- 백성들을 구렁텅이에 빠트리는 것은 국록을 받는 관리로서 차마 할 수 없는 일이다. 조금이라도 몸을 움직일 수 있는 자는 타일러서 보내고, 움직일 수 없는 자에게는 음식을 주라.

남구만은 진휼청에 장계를 또 올린다. 진휼청에서 답변이 왔다.

- 토착민을 각각 먹이게 하되 호구를 조사해서 호적에 오르지 않은 자는 환곡을 주지 말고 죽을 먹이지 말라. 유리걸식하는 무리들은 노정을 계산하여 본적지로 보내라. 경내의 백성이 가장 많이 유리걸식한 고을의 수령은 엄중히 문책하라.

진휼청의 조치는 실행하기 어려웠다. 토착민이나 유민이나 생명은 다 같은데 야박하고 비정하다. 재차 장계를 올린다. 한겨울 깊은 산골짜기에서 상소, 장계 외에 그들을 도울 방법은 전무하다. 거푸 상소를 올리는 것도 여간 일이 아니었다.

- 진휼청의 처사는 온당치 못합니다. 유리걸식은 흉년이면 늘 있는 일입니다. 각 고을이 제 고을 사람만 먹이면 유

민들의 시체가 시궁창에 가득 찰 것입니다. 토착민이 죽어도 유민으로 여길 것이니, 허실을 분별하기 어렵고, 유민에게 호구가 없다는 이유로 굶어 죽게 방치하는 것은 도리가 아니옵니다.

그때였다. 남구만은 경상도에 풍년이 들었다는 소식을 들었다. 가뭄에 단비 같은 기별이었다. 남구만은 1662년(현종 3)에 영남 지방에 큰 기근이 들었을 당시, 함경도에서 경상도에 곡식을 지원해 준 사실을 확인했다. 그때 지원해 준 곡식을 지금 함경도로 보내달라고 요청한다.

조정에서는 남구만의 소를 받아보고 곡식 1만 석을 지원해 주었다. 남구만은 재해가 심한 고을부터 먼저 구제하기로 한다.

삼수갑산에 길을 뚫어주소서

1673년 8월 남구만의 함경도 관찰사 임기가 종료되었다. 왕이 특명을 내렸다. 그의 임기가 보리가 나는 늦은 봄까지 연기된다. 1674년 3월에는 함경도 관찰사 임기가 가을 추수철까지 다시 연기된다. 왕은 두 차례나 남구만에게 함경도 관찰사에 더 재직하라고 명을 내렸다.

- 신 남구만은 관찰사의 중임을 맡은 후 해마다 흉년이 이어졌습니다. 계속되는 흉년으로 백성의 죽음을 방지하는 것 외에 다른 것은 돌아볼 겨를이 없었습니다. 세월이 흘러 임기가 찼으나 천만뜻밖에 계속 맡으라는 분부시니, 돌아

갈 시기는 일 년이 더 남게 되었습니다.

남구만은 소회를 밝힌다. 혹한과 험한 지형으로 그는 다른 지역에 비해 업무 수행에 상당한 어려움을 겪는다. 순행 중에 앓아누운 적도 있다. 누적된 과로로 몸도 아프다.

- 함경도는 고구려의 옛 땅이었다. 나당연합군이 삼국을 통일할 때에 세력이 미치지 못해 여진족에 유입되었고, 고려 융성기에도 단지 철령을 경계 삼았을 뿐입니다. 윤관이 처음 이 지방을 개척했으나 얻은 후 곧바로 잃어서 마침내 우리 소유가 되지 못했습니다.

남구만은 백성 구제의 어려움 속에서도 고구려의 옛땅을 되찾고자 하는 데 큰 뜻을 두었다.

- 우리 태조대왕께서는 하늘이 내신 무예에 뛰어난 성무(聖武)로, 국토의 넓이가 서북으로는 압록강에 이르고, 동북으로는 두만강에 이르렀습니다. 그러나 태종대에 이르러서 이곳을 지키던 신하의 잘못으로 부령 이북을 버렸습니다.

세종대에 김종서는 육진을 개척, 번호*들이 살던 곳을 떠

---

* 번호(蕃胡): 번호(蕃胡)는 서역인들을 이르는 말, 그들이 중국 당(唐)대에 중국 땅에 정착하여 중국화(中國化), 혹은 당화(唐化)한 것을 이른바 '화화(華化)'라고 말한다. 구체적으로는 그들이 한인들의 성씨(姓氏)와 복식 및 예의를 채용하고, 한의 전통문화를 습득하며, 한인들과 통혼(通婚)하고, 한식 묘비를 세우며, 문무 고관으로 기용되는 등 풍습이나 문화에 있어서 완전히 중국인화

나지 않고 살 수 있도록 허가했다. 농사를 지을 수 없는 불모지 무산을 1639년(인조17) 첨사 박심이 경작, 그 후 1650년(효종 1)에는 첨사 이만천이 토졸들을 인솔하고 그 땅을 경작한다. 이후 무산의 경작은 매우 복잡하고 두루 까탈스러운 문제가 발생했다.

갑산과 삼수는 첩첩 산 고개에 산줄기만 있어 이곳은 육진보다 추위가 더 혹심하다. 오곡이 자라지 못하니 기가 찰 노릇이었다.

- 여기는 본래 우리의 국경입니다. 오랑캐 저들과 전혀 관계가 없습니다. 만약 삼수와 갑산에 산을 뚫어 길을 낸다면 삼수와 갑산의 사람들이 어물과 소금을 운반할 수 있고, 위급한 일이 발생하였을 때는 응원을 할 수 있을 것입니다. 지금 갑산 사람들로 하여금 고갯마루 서쪽 길을 개통하게 하고, 길주 사람들에게는 고갯마루 동쪽 길을 개통하게 한다면 수백 명이 며칠 동안 부역하는 데에 불과합니다. 하기 어려운 일은 없을 것입니다. 상감께서는 신의 소를 깊이 살펴보시고 삼수와 갑산에 길을 뚫어주소서.

산과 바다가 워낙 힘해서 사람 살기가 팍팍한 곳. 삼수와

된 경우도 많았다.

갑산은 위급한 상황에 처해도 수목이 빽빽해 사람과 말이 뚫고 나갈 수가 없다. 다른 고을의 지원을 받아 편히 살 수 있도록 삼수갑산에 길을 뚫어주시라고 함경도 관찰사 남구만은 왕에게 간청한다.

성경지도

성경지도*는 청나라의 '성경지'를 모본으로 해서 남구만이 손수 그린 지도다. 성경은 심양의 옛 이름이다. 청 태조가 요양에서 심양 이곳으로 도읍을 옮겼다. 청 태종 때에 성경이라고 지명을 고쳤다. 조선 후기까지 성경은 만주의 행정, 군사 중심지로 존재하였다.

남구만은 지도를 그리기 위해 1673년(현종 14) 함흥 임지

---

* 성경지도: 성경도(盛京圖)는 남구만이 청나라의 '성경지(盛京誌)'를 모본으로 해서 그린 만주와 그 주변의 지도이다.

에서 시찰차 삼수에 들어가고, 갑산에서 단천으로 나왔다. 1674년 봄에는 도본을 만들기 위해서 길주 이북 지역을 순행, 육진 등 여러 곳을 답사했다. 그곳 토착민에게 묻고 물어서 도내 각 읍의 거리와 원 근, 적에게 불리한 국경의 요해처 등을 성경지도에 기재하였다.

 - 신은 매번 북쪽 북방 수비와 영토 관리의 문제점을 성상께 아뢰고자 하였으나 미처 다 아뢰지 못했습니다. 이제 신은 질병이 심하여 언제 죽을지 모르고, 미천한 신이 다음에 말씀드릴 기회가 올 때까지 기다릴 수 있을지 예측하기 어렵습니다. 이제 지도를 올리고 재차 아룁니다.

남구만은 선왕조 때도 근신으로 입궐하여 이런 문제를 아뢴 바 있다. 이는 매우 중요한 안건이었다. 그런데 임금 곁에서 백관을 통솔하고 국가정책을 의논, 결정하는 일을 맡은 재신들이 다음과 같이 반대했다.

 - 청나라가 멸망하게 되면 그들의 발상지인 영고탑으로 돌아갈 것이고, 지름길인 조선의 북쪽 땅을 유린할 것이니 미리 대비해야 한다.

남구만은 변방의 사정과 지형에 대해서 조정의 재신보다 더 정밀하고 정확했다. 다시 설명을 보충한다.

 - 우리나라 서쪽 평안도와 북쪽 함경도 두 곳은 높은 고

개가 첩첩이고, 하늘에 매달려 있는 골짜기 또한 깊어서 심양과 영고탑 사이의 길이 더 험하고 더 멀지 않을 것입니다. 설령 청나라 사람들이 위급하여 심양으로 갈 일이 생긴다 해도 익숙한 자기네 영토를 두고 가본 적도 없는 조선의 먼 길을 빌린다는 것은 이치에 맞지도 않습니다.

중국에서 만든 지도에는 남구만이 만든 지도보다 만주 지역에 대해 더 자세하게 기록되어 있을 것이었다. 남구만은 중국에 가는 사신에게 그 지도를 부탁한다. 그 성경지를 입수, 확대하여 리 수를 구분하고 산천과 주현을 기록한 후 임금에게 보냈다. 살펴보시라고 부언했다.

남구만은 성경지도를 임금님에게 올리고 나서 3년 후, 북평사(北評事)*로 부임하는 최장대를 전송하며 시를 지었다. 일종의 격려와 당부였다.

> 두만강 근원이 백두산에서 시작하여
>
> 구역을 나누어 한가운데로 물이 흐르네
>
> 그 사이 버려진 땅 지금도 빈 곳이 많으니

---

* 북평사(北評事): 조선시대에, 함경도에 있는 북병영(北兵營)에 속한 정6품 무관 벼슬. 함경도 병마절도사의 보좌관이다.

곳곳마다 변방 고을 설치해야 마땅하리

동서에 보초막이 있어 지키고 망보며

좌우에서 성원하여 적의 침입을 경계하네

시 한 수로 떠나가는 그대 전송하니 모름지기

그곳의 정세 물어 묘당에 계책 돕구려

- 전하! 신 남구만은 북방 지역의 극심한 추위와 과로로 병이 들었습니다. 함경도에 더 머물기가 어려우니 물러나게 하소서.

남구만은 왕에게 함경도 관찰사에서 물러나게 해달라고 상소를 올린다. 잇따른 상소에도 왕에게서 제때 답이 오지 않았다.

제6부

김좌명을 파직하소서

 대사간 남구만이 사간 이정, 헌납 이민서, 정언 이섬과 함께 왕에게 면담을 청했다. 왕은 평소 집무를 보던 희정당에서 그들을 만난다. 남구만이 아뢴다.
 – 지난번에 인천 부사 이단상은 "송시열이 상경하지 않는 것이 김좌명 때문"이라고 상소했습니다. 김좌명이 송시열을 올라오지 못하게 한 적이 없고, 송시열도 김좌명 때문에 올라오지 못한 게 아닙니다. 이단상의 상소에서 "국구˚

---

* 국구(國舅): 왕비의 아버지(명성왕후의 부친)

의 뜻도 반드시 다르지 않을 것이다."라고 한 것은 어거지로 꿰맞춘 듯한 점이 있어 온당치 않습니다. 김좌명의 상소는 더 놀랍습니다. 이른바 "이를 미루어 가면 어디까지 이르겠는가."에서 그가 말하는 '어디까지'가 대체 어디겠습니까. 김좌명이 이런 말을 해서야 되겠습니까. 조정의 시비는 바르게 해야 하니, 김좌명을 파직하소서.

남구만의 상소에 왕이 불끈한다. 김좌명은 영의정 김륙의 장남이고 숙종의 장인 청풍부원군 김우명의 형이 아닌가. 숙종은 즉시 이의를 제기한다.

- 짐은 그대들이 오늘 죄를 논하는 계사외에 별다른 소회가 있을 것으로 여겼다. 어찌 감히 김좌명의 파직을 건의하면서 면대를 청하는가. 짐에게 면대를 청하는 것이 어찌 대간의 풍채에 합당하겠는가.

왕은 신하 여럿이 함께 온 것도, 상소의 내용도 심기가 불편하다. 대간의 체모에 맞지 않는다고 책망한다. 책망 외에 구체적인 어떤 답변도 없다. 이민서가 나선다.

- 성상께서 대간들을 질책하여 격려하시는 것은 참으로 마땅합니다만, 신들은 다만 이 일로 면대를 청한 것이 아닙니다. 신 민서는 오랫동안 전하를 뵙지 못했고, 또 혜성의

변고˚가 발생하여 모두 걱정하고 있으므로, 저간의 사정을 진달하고자 한 것입니다.

이민서가 오늘의 면대는 상감을 오래 뵙지 못한 까닭도 있다고 말한다. 또한 혜성의 변고로 백성들이 걱정하기 때문이라고 한다.

왕은 초장부터 이들의 상소가 불쾌했다. 왕은 심화를 억지로 참고 있는 듯 침묵한다. 더는 비답도 하지 않는다.

---

* 혜성의 변고: 인간의 능력으로는 통제할 수 없는 재앙과 기근, 역병의 창궐 같은 자연 현상을 예고하였다.

국역의 폐단

　조선은 반상제를 기반으로 하여 국가 차원의 노동력과 재원을 양인과 노비의 국역으로 충당했다. 조선 후기에 양인이 대폭 줄어든다. 정부에서는 군역자 현황을 파악한다. 군역을 회피한 경우 그 이웃에게 군역을 부과하는 인징(隣徵), 이미 사망한 자나 어린아이에게도 징병하거나 보인의 군포를 징수하는 부작용이 발생한 사실을 확인했다.
　- 각 고을에서 해마다 6월과 12월에 죽거나 병들거나 도

망간 군인을 조사하여 보충할 때, 국역*에 나가지 않는 한정을 얻지 못하면 매번 어린아이로 대체합니다. 죽은 자와 나이 많아 면제된 자에 대해서도 대신할 길이 없습니다. 이것은 양민이 귀족이나 권세자에게 기대어 국역을 면했기 때문입니다.

남구만이 국역의 불공평에 대해 왕께 아뢰었다. 평민이 귀족이나 권세가에게 의탁해 국역을 면제받았다고 보고한다.

- 한양의 경우에는 삼의사의 생도와 교서관의 창준**, 각 아문(衙門)의 군관이 국역을 면제받았으며, 지방의 경우에는 감사(관찰사)의 본영에서 대장을 수행하던 군사 아병(牙兵), 수사(帥司), 영장(營將), 방어사(防禦使)의 군관 등 명목이 많습니다. 서울과 지방의 양민이 소속된 곳으로, 원래 액수가 있는 곳은 정원 외의 필요하지 않은 관원을 가려내어 쫓아버리고, 원래 액수가 없는 곳은 액수를 정하여 그 폐단을 막으소서.

불공평한 국역에 대해 남구만은 왕에게 정답까지 제시한

---

* 국역(國役): 나라에서 백성들에게 지우던 부역
** 창준(唱准): 사준(司準)으로 불렸으나 영조 때에 창준으로 개칭되었다. 인원은 14인으로 생도 중에서 선발하여 충당하였다. 주된 업무는 서책 간행이었다. 한때는 일에 비하여 인원이 많고 쓸데없이 국고만 낭비한다는 비난을 받았다. 조선 말기에 인원이 4인으로 줄었다. 규장각에서는 감서(監書)가 창준과 비슷한 기능을 담당하였다.

다. 정원 이외의 인원을 쫓아내라고 한다. 현실적이고 실용적인 남구만의 방법이었다.

무인의 탐학

이민서가 왕께 아뢴다.

- 요즘은 부정하게 재물을 탐하다 탐장(貪贓)죄로 논핵 받는 자는 모두 무인입니다. 무인이 처지를 벗어나 발신*하는 것은 모두 뇌물을 통하므로 탄핵장에 먹이 마르기도 전에 비국에서 추천하고 있습니다. 수원 부사 이○○과 같은 경우에는 사람들이 모두 '탐욕이 많고 포학한 큰 도둑'이라고 하는데도 상께서는 대간의 아룀을 윤허하지 않으시니, 신

---

* 발신(發身): 천하거나 가난한 처지를 벗어나 앞길이 훤히 트임.

은 성상의 뜻이 무엇인지 모르겠습니다.

　이민서의 언설이 자못 껄끄럽다. "성상의 뜻이 무엇인지 모르겠다."고 한다. 이민서는 부정한 재물을 취하고 탄핵을 면하기 위해 뇌물을 바치는 무인을 지적하고 비난했다. 왕이 이민서에게 질문한다.

　- 명사나 재상은 옳지 않은 짓을 하여 재물을 얻고도 탄핵받는 자가 없는데, 어찌 무신만 모두 탐학스럽다고 하는가?

　왕의 성난 어조에 이민서가 답한다.

　- 문관은 탐학스럽다는 이름을 얻으면 종신토록 폐기됩니다. 무신은 탄핵받더라도 곧바로 서용됩니다. 황○○, 박○○ 이들은 모두 부정한 방법으로 재산을 탐하고도 탐장죄로 형벌을 받지 않았으니, 탐리가 어찌 징계되겠습니까.

　이민서가 무인들은 탐장죄를 지어도 징계받지 않았다고 반박했다. 왕과 신하의 모처럼의 장시간 대면은 허망하게 끝이 났다. 김좌명 탄핵도 아니고, 불공평한 국역 문제와 무인의 탐장 죄에 해결책이 없다. 중요한 안건에 비해 왕의 무성의하고 무미건조한 대응은 심히 실망스러웠다.

왕의 과단성

　- 신이 시골에서 들은 바를 말씀드리겠습니다. 전에 천재가 났을 때, 왕께서 신하의 바른말을 널리 구하는 구언 교서를 내리시어 원근의 백성들이 고무되었다고 합니다. 요즘은 조정에서 마음을 닦고 반성하는 거조가 백성들의 마음에 전혀 부응하지 못하고 있습니다. 조정에서는 크게 덕을 잃은 일은 별로 없지만, 모든 일에 맥이 풀린 것이 걱정입니다.

　- 맥이 풀렸다고? 심히 무엄하도다!

　이민서의 상소가 왕의 성정을 거스렸는가. 왕이 즉각 답한다. 그 음성에 화가 실려 있다. 이민서가 계속 아뢴다.

– 성상께서는 신료들을 접함이 점차 드물더니 심지어 지난번에 비국의 신하들을 삼사*로 하여금 입시하지 못하게 하셨습니다. 이것은 더욱더 체모를 잃은 것입니다. 자주 신료들을 접하여 통치의 도리에 대해 물어보시고 한가한 날에는 유신들을 불러 경서를 강론하되, 혹 옥체가 피곤하시면 드러누워 듣더라도 안 될 것이 없습니다.

이민서는 조정에서 모든 일에 맥이 풀린 것이 걱정이라고 사실대로 토로했다. 신하들을 입시하지 못하게 한 것은 왕께서 스스로 체모를 잃은 것이다. 유학에 조예가 깊은 홍문관 관원들과 왜 경서를 논하지 않는가. 이민서는 〈태괘〉를 예로 들어 구체적으로 논박(論駁)한다.

–《주역》〈태괘〉에 '포황용빙하'**, "오랑캐를 포용하며 하수를 맨몸으로 건너는 것과 같은 과단성을 발휘한다."는 구절이 있습니다. 이것은 군주나 지도자에 대해 말한 것입니다. 옛말에 "조금 변화하면 조금 이롭고 크게 변화하면 크게 이롭다."고 했습니다. 신이 전부터 매번 강건한 덕을 크

---

*   삼사(三司): 전곡의 출납과 회계에 대한 일을 맡아보던 관아
** 포황용빙하(包荒用馮河): 거친 것을 포용하고 배 없이 맨몸으로 황하를 건넌다는 뜻. [주역] 열한 번째 지천태괘에 나오는 말

게 분발하고 폐단을 일으키는 정사를 변통하라는 말씀을 드린 것이 여러 차례였으니, 상께서는 유의하소서.

이민서의 상소는 혹은 명령인가 지시인가. 왕에게 오랑캐라도 포용하고 맨몸으로 황하를 건널 수 있는 과단성이 없다는 공격이 아닌가.

숙종의 모후 명성왕후의 백부 김좌명이 서인의 거물 송시열과 대립했다. 남구만은 이민서 등, 여럿이 함께 김좌명 파직을 상소했다. 이민서가 《주역》〈태괘〉를 예로 들어 왕의 과단성을 거론했다. 왕과 신하와의 장시간 대면은 김좌명 파직이 아니라 남구만에게 체직(遞職)*으로 돌아왔다.

---

* 체직(遞職): 임기만료, 즉 공로 과실 등으로 관직을 교체하는 제도

제7부

전략가 김석주

　병마절도사 무관 홍순민에게는 소실이 낳은 딸 2명이 있다. 언니 예향은 용모가 수수하고, 동생 예형은 뛰어난 미인이다. 허적의 서자 허견이 예형의 미모에 반했다. 번개같이 홍순민에게 사람을 보내 예형과 결혼하려는 뜻을 전하게 한다.
　- 허적대감의 자제께서 청혼의 뜻을 전하라 하십니다.
　허견의 시자가 품 안에서 서찰을 꺼내 홍순민에게 준다. 홍순민의 얼굴에 비릿한 미소가 감돈다. 거절할 이유가 없다. 허견이 누구인가. 비록 서자이지만 그는 영의정 허적의 외동아들이 아닌가.

홍순민은 서둘렀다. 영의정 허적의 아들 허견에게 작은딸 예형을 시집보낸다. 큰딸 예향은 서인 계열 김우명의 소실로 들어간다. 동생은 남인의 우두머리 허적의 며느리가 되고, 언니 예향은 서인 김석주 집안과 인척이 되었다.

얼마 못 가 흉한 소문이 고샅으로 흘러나왔다. 허견의 부인 예형이 혼인 전에 남정네들과 염문을 뿌리고 다녔다는 것이다. 장기판에 어울리는 할아버지부터 골목 안 부녀자들까지 흉흉한 소문에 아예 입을 닫았다. 권세 높은 집안의 일이니 함부로 왈가왈부할 수가 없다.

삼청동의 99간 크고 너른 집에서 예형은 애물단지가 되었다. 염문의 진위를 가릴 것도 없다. 허적은 며느리 예향을 냉대한다.

- 당장 내 집에서 나가거라! 더는 네 꼴을 참아줄 수가 없다.

예형은 쫓겨난다. 동서 사방으로 다니며 시아버지 허적과 남편 허견을 헐뜯었다. 날이 갈수록 예형은 입이 험해졌고 제 잘못을 모르고 함부로 나부댄다.

김우명이 갑작스럽게 사망한다. 예향은 장차 홀로 살아

갈 일이 막막했다. 김석주가 서(庶)숙모인 그녀에게 오궁골*
에 새 거처를 마련해 준다. 매달 생활비도 보내주었다. 오궁
골 집에 동생 예형이 찾아왔다. 언니에게 허견 부자에게 쫓
겨난 것이 억울하다고 울부짖는다. 언니 예향은 동생을 돕
기 위해 제부 허견을 찾아간다.

 - 이보시오! 내 동생이 무엇을 잘못했는지 똑똑히 말 좀
하소.

 - 어디 와서 생떼냐? 이것들이 세상 무서운 줄을 모르네!

 허견이 예향의 얼굴에 주먹을 날린다. 예향은 이빨 두 개
가 빠져버렸다. 동생을 도와주려다 몸을 상했다. 얼굴에 피
멍이 들고 이까지 빠진 예향은 절치부심한다.

 - 네놈! 어디 두고 보자.

 예향이 이를 갈았다. 동서 사방에 소식통을 거느린 병조
판서 김석주가 득달같이 서숙모 예향을 찾아온다.

 - 어찌 된 일이요? 말을 좀 해보시오.

---

* 오궁골: 종로구 신문로 1가동, 신문로 2가동에 걸쳐 있던 마을로서, 신문로 2
가 89-27 일대에 살았던 세종 때의 문신인 이인손(李仁孫, 1395~1463)의
다섯 아들인 극배(克培), 극감(克堪), 극증(克增), 극돈(克墩), 극균(克均)이
모두 공신으로서 봉군(封君)되었으므로 오군골이라 했다. 뒤에 음이 변하여
오궁골이 된 데서 마을 이름이 유래되었다. 오군골, 오궁동, 오중터, 오궁터라
고도 불렀다.

김석주는 사연을 듣자마자 오궁골을 나와 곧바로 남구만에게 달려간다. 불의를 보면 참지 못하는 남구만이 입궐한다.
　- 청풍부원군 김우명은 작고했으나 그 부실* 홍순민의 큰딸 홍예향이 집을 지키고 있습니다. 동생 예형이 언니 예향을 찾아가 허적 부자를 성토했다 하옵니다. 예향은 제부 허견을 달래보려고 찾아갔다가 싸움이 벌어지고, 허견이 그녀를 때려 이가 두 개나 빠졌다 합니다. 비록 천한 신분이지만 예향은 허견의 처형이고, 엄밀히 따지면 상감의 서모가 되는 분 아닙니까.
　왕은 남구만이 말을 다 마치기도 전에 용상에서 부르르 몸을 떨었다.

---

* 　부실(副室): 첩, 첩의 집을 높여 부르는 말

불량 아들

　허적이 숨을 헐떡이며 궐내로 달려온다. 옆에 남구만이 있는 것도 보이지 않는가. 허적은 왕께 황급히 속사정을 털어놓는다.

　- 신이 저간의 사정을 전하께 아뢰겠습니다. 신의 소자 허견은 홍순민의 첩의 딸 홍예형에게 속아서 결혼했습니다. 홍예형이 허견의 외사촌 유철과 친하게 지낸다는 말은 들었어도 서로 싸웠다는 말은 처음 들었습니다. 예형의 성품이 워낙 흉패해서 좋지 못한 소문이 나는 것입니다.

　- 그만 물러가시오! 경과 경의 후손이 대역죄를 범하지

않는 한 수사받을 일, 추관 앞에 서는 일은 없을 것이오.

왕의 말이 싸늘하게 들린다. 허적이 돌아가자 왕은 곧바로 의금부에 명을 내린다. 왕실의 체모를 생각하고 어물어물 넘어가기에는 이미 그른 일이었다. 숙종은 개돼지들을 불러 문책하고 조사할 필요도 느끼지 않는다. 추상같은 명령을 내린다.

- 허견과 연루된 자들을 모두 잡아들여 하옥하고 엄중히 심문하라. 당장 교수형을 실행하라.

예형과 유철은 극심한 문초를 이기지 못하고 그 자리에서 저세상으로 가버렸다. 주범 허견은 영의정 아버지 덕으로 삭탈관직만 당한다.

허적은 2명의 정실부인에게 소생이 없어 첩을 얻어 허견을 얻었다. 허적은 서자인 허견에게 특별히 과거를 보게 하여 교서관정자*로 재직하게 했다.

어려서부터 신동 소리를 들은 아비 허적에 비해 허견은 허랑방탕하다. 아버지 허적을 자주 곤경에 빠트렸다. 허적은 수시로 허견에게 세상 물정을 일러주었다. 어렵게 얻은

---

* 교서관정자(校書館正字): 2인 중 1인은 규장각대교(奎章閣待敎)로서 품계에 따라 예겸하였으며 본관(本館)의 천거로 임명되었다. 재임 60일이 지나면 저작으로 승진. 전적(典籍)이나 문장의 교정을 맡아보는 문관(文官)이었다.

아들이라 그 마음이 간절했다.

- 아들! 내 말을 잘 새겨들으라. 관가에 나가 일할 적에 매사 공손하되 헛되이 아비 이름을 더럽히지 않도록 각별히 조심해야 할 것이다.

- 네! 아버님 말씀 명심하겠습니다.

허적은 자신의 심복을 시켜서 허견의 행동을 조사하도록 분부했다. 허적의 귀에 별별 말이 다 들려왔다. 허적이 아들을 불렀다.

- 무슨 일이 있었는지 바른대로 일러라!

- 아니옵니다. 저는 결백합니다.

- 어허! 감히 네가 이 아비를 속이겠다는 거냐?

- 제가 어찌 아버님 앞에서 거짓말을 하겠습니까. 이웃사람들이 저를 모함하는 것입니다.

허견이 펄쩍 뛰었다. 아녀자들이 자신을 질투해서 헛소문을 퍼뜨린다고 했다.

역관(譯官) 이동구에게는 미모가 뛰어난 이차옥이라는 딸이 있다. 차옥의 사촌 동생 혼인날이 되었다. 허견이 그 잔치에 참석했다. 허견은 이차옥을 보자 한눈에 반한다. 속이 탄다. 허견이 첨지 박찬영을 밖으로 불러낸다.

- 허! 여보게 박첨지. 저 애가 어쩌면 저토록 어여쁠 수가 있는가. 마치 하늘 선녀가 하강한 것 같으이!

이차옥의 외숙 박찬영이 허견의 귀에 대고 속닥거린다. 허견이 심복을 부른다.

- 내장고에서 손에 집히는 대로 보물을 집어서 박첨지에게 갖다주라.

박찬영은 허견이 보내온 보석을 곧바로 차옥에게 전해주었다. 이차옥은 아버지의 명에 따라 진즉에 약혼한 바 있는 역관의 아들에게 출가했다. 그녀 나이 18세, 신랑은 14세였다.

정월 대보름날이다. 이차옥이 혼인한 지 6개월이 되었다. 허견은 휘영청 밝은 달을 바라보며 이차옥을 그리워한다. 꿈에도 이차옥이 나타난다. 허견은 더 기다릴 수가 없다. 박첨지를 불러내 닦달한다.

- 박첨지! 자네, 내 부탁을 잊었는가?

- 아니옵니다. 조금만 더 기다려 주십시오. 기회가 곧 올 것입니다.

이차옥의 고모부 이시정이 며느리를 맞이하는 잔칫날이 돌아왔다. 이차옥은 몸종 숙지와 잔치에 갔다. 왁자하게 웃고 즐기는 가운데 해가 설핏하다. 그때 이시정의 집에 장년 남자가 들이닥친다.

― 사동 아씨를 모시러 왔습니다. 별안간 역관댁 마님께서 위중하시다 하옵니다.

남자가 제 이름을 준기라고 밝힌다. 사동 아씨 차옥이 자리에서 일어난다. 준기가 차옥을 가마에 태우고 어둠 속으로 달려간다. 몸종 숙지가 뒤따라 나왔다. 두 팔을 휘두르며 허위허위 가마를 쫓아간다. 동서사방이 캄캄 어둠 속이다. 숙지는 캄캄한 골목 어디쯤에서 가마를 놓쳐버렸다.

한양의 중심 거리를 한달음에 달려온 가마가 갑자기 멈춘다. 규모가 제법 큰 늘느리 기와집 앞이었다. 거창한 솟을대문*이 버티고 있다. 준기가 문고리를 흔들자 솟을대문이 활짝 열린다. 중문 세 개를 지나 별채로 보이는 건물의 뒤안으로 들어섰다. 그때였다. 박찬영이 밖으로 나온다.

― 어서 오너라!

이차옥이 멈칫거린다. 외숙 박찬영을 따라간다. 방 안에 한 남정네가 앉아 있다. 박찬영이 밖으로 나간다. 허견이 이차옥에게 다가온다.

― 오랫동안 그대를 연모했소!

---

* 솟을대문: 권위의 상징이다. 사대부집의 경우 양옆의 행랑보다 지붕을 높게 올려서 솟을대문이라고 하는데, 초헌(軺軒)이나 말이 드나들 수 있도록 문턱을 아예 없애거나 凹형의 문턱을 두기도 했다.

그날 밤 동생 같은 신랑과 신혼살림을 살던 이차옥은 처음 보는 남자 품에 안겼다.

숙지는 이차옥의 친정집으로 달려갔다. 친정 부모에게 본 대로 느낀 대로 전말을 전한다. 친정 부모는 하인을 풀어 사방으로 딸의 행방을 수색하기 시작한다. 아무리 허둥대고 찾아다녀도 딸을 찾아낼 수는 없었다.

사흘 후였다. 이른 아침 두부 장수가 딸랑딸랑, 방울을 흔들며 지나가기도 전이다. 한적한 삼청동 거리를 이차옥이 휘청거리며 걸어간다. 풀어헤친 머리 꼴이며 옷매무새며 몰골이 가관이다. 행인들이 그녀를 힐긋거리며 쳐다본다.

친정집에 온 차옥은 고개를 들지 못한다. 하인들이 물러가자 그녀가 입을 연다. 잔칫집에 앉아 있다가 붙들려 간 사연, 일면식도 없는 남자에게 사흘간 당한 일을 부모님에게 털어놓았다.

- 뉘 소행이더냐?
- 허 씨라는 말만 들었습니다.

그 순간 이동구의 심장에서 시뻘건 불똥이 사방으로 튀었다. 그놈 말고는 세상천지에 이런 해괴한 짓거리를 벌일 사람이 없다. 신혼인 딸을 납치해서 불륜을 저지른 그놈의 아비는 말 한마디로 나는 새도 떨어뜨린다는 위인, 조선에서 제일 높은 벼슬아치가 아닌가.

왕의 심판

– 너는 나를 믿고 말을 해라.

차옥이 벌벌 떨고 있다. 한걸음에 달려온 김석주에게 자초지종을 말한다. 김석주가 급히 상소문을 작성한다. 다음 날 아침 그는 또 남구만을 찾아간다.

– 어렵지만 이번에도 나서주셔야 하겠습니다. 허견은 건달패들하고 노상 술이나 퍼마시고, 남의 집 유부녀를 겁탈하는 것으로 능사를 삼고 있습니다. 윤휴가 적극 싸고돌아 허견은 무죄입니다. 윤휴는 절대 믿을만한 물건이 아닙니다. 윤휴 이자는 나라에서 금하는 소나무 수천 주를 베어다

가 제집을 지었습니다.

　남구만은 왜 김석주의 청을 물리치지 못하는가. 김석주가 지존이신 왕의 인척이기 때문인가. 남구만은 김석주의 권고로 임금에게 거푸 요사한 상소를 올리는 자신이 송구스러웠다.

　- 짐도 다 생각이 있소!

　숙종은 남구만이 고하지 않더라도 진즉부터 허적의 아들 허견을 증오하고 있었다. 왕이 명한다.

　- 형조판서 이관징을 호출하라!

　형조판서 이관징이 입시한다.

　- 신속히 내사하여 보고하라!

　왕이 명령한다. 이관징은 심장이 벌렁거린다. 그는 지난 날 허적에게 도움을 받은 일이 있다. 그는 허적에게 먼저 달려간다.

　- 상감께서 은밀히 조사하라 하십니다.

　- 흠, 필시 큰 사단이 났구나!

　허적은 떨치고 일어난다. 장옥정의 숙부 장현의 집으로 간다.

　- 돈 좀 넉넉히 융통해 주시오!

　거부 장자 역관 장현은 영의정 허적의 입에서 돈 이야기가 나오자마자 거금을 내주었다. 허적은 000냥을 쉽게 빌렸다. 허적은 박첨지와 함께 돈 보따리를 싸 들고 이차옥이 사는 마을로 달려갔다. 사람들이 몰려오자 장마당에 돈 보따리를 풀어놓았다. 마을 사람들이 이들에게 매수당한다. 한편으로는 이차옥과 관련된 사람들을 잡아다 형조 뜰 앞에서 국문을 시작한다. 바른대로 말하라고 마구 매를 쳤다.

- 뭔 말이오? 모르는 일이오.
- 아무것도 듣지 못했소.
- 밤중에 잠을 잤습니다.
- 납치. 그런 것 전혀 모릅니다!

돈을 받고 매를 맞아주는, 숫제 연극 놀음이었다.

차옥의 아버지 이동구는 무엇보다 영의정 허적의 보복을 두려워한다. 집안 망신에다 해코지까지 당할 것이 불을 보듯 뻔했다.

형조판서 이관징이 허적의 집에서 나와 바로 입궐한다.

- 제가 조사한 바로는 본 사람도 없고, 소문을 들은 사람도 없습니다. 증거가 없고 본인들도 모두 부인하니 조사할 것이 없습니다. 상감께서는 이 일을 그만 접으시옵소서!

숙종은 조사할 것이 없다는 이관징의 말을 더 캐묻지 않았다. 왕은 이미 심판을 내린 상태였다.

밤에 짓는 군복

1679년 2월. 꽃샘바람이 옷깃으로 파고드는 쌀쌀한 날씨였다. 아침 일찍 김석주가 남구만의 집으로 급히 달려간다. 타고난 전략가 김석주는 왕의 심금을 누구보다 잘 꿰뚫었다. 왕에게 본인이 직접 상소를 올려도 무관할 터이다. 그는 이번에도 숙종이 전폭적으로 신임하는 남구만을 찾아가 부추긴다.

- 영의정 허적의 아들 허견이 또 사고를 쳤다고 합니다. 대사헌 윤휴가 자신의 집을 지으려고 소나무 수천 그루를 베었다고 하옵니다. 조정의 기강이 이래서야 되겠습니까.

남구만이 급히 입궐한다.

- 허적 대감의 자제가 큰 사고를 쳤다고 하옵니다. 대사헌 윤휴는…

남구만이 여기까지 말하자 왕이 더 들을 필요도 없다는 듯이 용상에서 벌떡 일어선다.

- 국법을 어기고 소나무 수천 그루를 베어 제집을 짓는 데 사용했다고?

남구만이 아니더라도 그즈음 윤휴의 불법 벌목에 대해서 상소가 계속 올라왔다. 왕이 엄중히 조사하도록 명령한다. 윤휴는 부하 관리들을 동원한다. 포도군관이 산에 올라 소나무 벤 자국을 조사한다. 기획적인 거짓 수사였다.

- 윤휴가 지은 집은 열 칸입니다.

좌의정 권대운이 윤휴를 변호한다. 겨우 열 칸 집을 짓는데 소나무 수천 그루는 사실이 아니라는 것인가.

허적 부자와 윤휴를 탄핵한 남구만은 하루아침에 대신을 모함한 중죄인 신분으로 전락한다. 남구만은 남해로 귀양을 간다.

허적 부자 입지는 점점 반석처럼 탄탄해졌다. 허견의 방종. 일탈이 더욱 심해진다. 허견은 남의 집 유부녀를 겁탈하고도 버젓이 궐내를 출입하고 있다. 무기를 대량으로 만든다는 소문도 들려왔다. 허적의 권세에 눌려 누구 한 사람 입을 열어 발설하는 자가 없다.

남구만이 귀양 가자, 이번에는 김석주가 직접 나섰다. 급히 입궐하여 숙종에게 아뢰었다.
- 허적은 늙은 간신이요, 허견은 역적입니다. 그들을 이대로 내버려두시면 훗날 나라가 위태롭습니다. 상께서는 여론을 두루 들으시고 곧 복선군과 허적 부자를 주의 깊게 살펴 보시기 바랍니다.

왕은 왕대로 허적 중심의 남인 붕당 세력이 강대해져서 왕권을 넘보는 것은 아닐까 전전긍긍한다. 국왕의 친위조직인 별군직 이입신과 어영장* 박빈을 불렀다. 즉시 명을 내린다.
-허견의 일거수일투족을 조사하여 보고하라!
각자 왕명을 받들고 맡은 장소로 달려갔다.

이입신은 가마꾼으로 변장했다. 캄캄한 새벽에 집을 나

---

* 어영장: 조선시대의 무관직(武官職). 어영청(御營廳)의 장관(長官)으로 종4품(從四品) 벼슬

선다. 이입신은 서리를 맞아 몸이 마구 떨린다. 복선궁 궁비가 행랑채의 아궁이에 불을 때고 있다. 그가 아궁이 앞으로 비집고 들어섰다.

- 불 좀 쬐겠습니다.

궁비가 순순히 자리를 내준다. 궁비의 오른손에 붕대가 감겨 있다.

- 아니, 이 겨울에 어쩌다 손을 다치셨소?
- 바느질하다가 바늘에 찔렸어요. 계속 물일을 하니까 덧났어요.

궁비가 부지깽이로 아궁이 불을 쑤석거리며 대꾸한다.

- 누가 혼인합니까?
- 아니요. 군복이어요. 허 정승댁 아드님이 밤에 옷감을 잔뜩 가지고 오더라고요. 앞으로 몇백 벌을 더 짓는다고 해요. 손이 아파서 그 일을 더 할 수 있을지 걱정이에요.

이입신은 쾌재를 불렀다. 필시 전쟁 준비, 전투복일 것이다. 오래전 숙종이 병으로 누워 지낼 때였다. 왕이 쓰러지면 복선군을 앞세워 허견이 권력을 잡는다는 꿍꿍이가 항간에 떠돌고 있었다. 지금 그 실상이 명명백백 드러나고 있지 아니한가. 중요한 사실을 입수한 이입신은 비밀리에 조사 탐색을 총괄하는 김석주에게 달려갔다. 동쪽 하늘에 이제 막

먼동이 터오고 있었다.

- 복선군 집에 밤에만 드나드는 남자가 있다 합니다.
- 뭐라고? 밤에만 드나든다고?
- 그 사람은 군복 지을 옷감을 잔뜩 가져와 궁비가 이미 백 벌을 지었는데, 앞으로 군복 수백 벌을 더 지을 거라고 합니다.

가림막 소동

 영의정 허적의 조부가 시호를 받는 날이다. 사당에 차례를 지내고 원근 각처의 친척과 옛 친구, 지인들을 초대해서 큰 잔치를 연다. 하필 그 시각에 비가 내렸다. 손님은 벌써 초청했고 모든 음식은 다 준비해 놓은 상태다. 허견이 하인들에게 지시한다.
 - 궁궐에 가서 기름 가림막을 가져오라! 누가 물으면 내가 가져오랬다고 하게.
 하인들이 허견의 말이 떨어지기가 무섭게 왕궁으로 달려가서 영차, 영차, 기름 막을 싣고 왔다.

숙종은 비 오는 하늘을 바라본다. 시종을 부른다.

- 영상 댁에 궁중 차일을 보내주도록 하라.
- 기름 가림막은 영상 댁 하인들이 벌써 가져갔습니다.
- 나라 물건을 어찌 저들 마음대로 가져간단 말인가.

왕의 노한 음성이 떨어지자마자 때마침 김석주가 급히 입궐했다. 이입신이 제공한 정보를 왕께 아뢰었다. 왕은 설상가상이다. 즉시 궁궐 수비를 담당하는 무감을 허적의 집에 보낸다.

허적 집안의 잔치에 온 사람은 거의 남인들이었다. 그 외 종친 복선군 형제와 서인은 오두인, 이단상, 김만기 등이다. 훈련대장 유혁연이 주인과 가까운 자리에 앉아 있다. 무감이 대궐로 달려가 직접 본 상황을 왕께 보고했다. 왕이 명령을 내린다.

- 훈련대장 유혁연과 김만기는 곧 입시하라고 이르라.

왕명을 받은 내시가 허적의 집으로 달려간다. 김만기와 훈련대장 유혁연이 자리를 뜬다. 다른 사람들도 자리에 앉아 있을 수가 없다. 불안하다. 부제학 유명천이 자리에서 일어선다.

- 일이 심상치 않습니다. 보아하니 삼공(三公)*이 입궐하셔야 할 것 같소.

허적이 급하게 움직인다. 우의정 민희와 같이 내전 궐문에 이른다. 승지가 급히 왕께 들어갔다가 곧 다시 나온다.

- 왕께서 일 없으니 물러가라 하시오.

영의정은 우의정을, 우의정은 영의정을 돌아본다. 두 사람 얼굴이 흙빛이다. 유명천의 말대로 사태가 심상치 않다.

허적이 급히 집에 돌아왔다. 하인을 시켜 허견을 데려오게 한다. 허견이 나타나자 허적이 소리를 버럭 지른다.

- 네가 또 무슨 일을 저질렀는가? 어서 답하라!

한편 김석주는 심복 정원로를 불러 왕께 상소를 올리도록 조치했다. 정원로가 입궐한다.

- 허견은 유혁연과 장차 복선군을 추대하려고 역모를 꾸몄다 합니다. 군복 수백 벌을 지은 것을 보면 수일 내로 거사할 모양입니다. 속히 처분을 내리소서.

왕이 전신을 부르르 떤다.

---

* 삼공(三公): 삼정승(三政丞). 영의정, 우의정, 좌의정을 삼공(三公) 등으로 합칭(合稱)한 것.

- 즉시 허적 일당을 체포하여 끌고 오라!

의금부 나졸들이 허적의 집에 처들어갔다. 허적이 붙들려 간다. 뒷문으로 도망가던 허견도 붙잡힌다. 복선군과 그 동지들까지 무려 수백 명이었다.

의금부에서는 일곱 군데 국문처를 신설하고 그들을 심문한다. 그 밤 악의 세력 허적과 허견 일파는 처참하게 세상을 떠났다.

제8부

남해 유배

　한성부 좌윤 남구만은 김석주의 권고로 영의정 허적과 그 아들 허견을 탄핵했다. 두 번이나 탄핵을 건의하다 대신을 모함했다는 죄목으로 유배형을 받았다. 거제도로 유배 가면서 남구만은 시를 지었다.

화성*의 길에서

이른 새벽 구산을 출발하여 점심 무렵 안령(雁嶺)을 넘었노라
갑자기 보니 무성한 숲 아래에 안장한 말 그림자 은은히 비추더니
다정한 두세 분이 나의 먼 길 떠남 위로해 주러 왔다고 - 중략

소등에 탄 저 사람 누구인가. 이내 몸 함정에 빠짐 부끄럽네
마부가 또 날이 저물었음을 고하니 엄한 길이라 한 시간도 아끼누나
여기서부터 산과 바다로 막힐 것이니 서로 그리워하며 멀리 목을 늘이리라

남구만은 홍성 거북이 마을에서 출발, 백마강을 건너 은진 여관방에 이른다. 다정한 손님이 밤을 달려 유배길에 오른 그에게 찾아왔다. 함께 발을 포개면서 하룻밤을 유숙한다.
유배지로 가는 길에 감회가 강 안개처럼 차오른다. 유배 가는 길은 시인의 길인가. 산과 들, 강 풍경을 바라보며 시

---

*   화성(化城): 지명. 충남 청양군 화성면

를 읊는 중에 거제도에 도착한다. 하필 장기에 유배 중이던 송시열이 거제도에 이배되어 왔다.

　남구만은 그해 4월 남해로 이동한다. 그의 적소는 앵강만 바다가 내려다보이는 남해 용문산 근처였다. 남해는 한국의 큰 섬 제주도, 거제도, 진도, 강화도에 이어 다섯 번째로 큰 섬이다.

　남해에 망운산이 있다. 망운산은 해발 786m로 남해군에서 제일 높은 산이다. 망운산은 남구만의 자 운로(雲路)처럼, 산 정상에 올라 구름 흘러가는 모습을 바라보는 것, 이는 우연일까 필연일까. 유배객 남구만은 하늘과 산봉우리와 푸른 바다, 그 위에 각가지 형상을 지으며 부단히 흘러가는 구름을 하염없이 바라볼 수밖에 없는 처지이다. 그 자신이 이미 운로였다.

　망운산에는 유배객들의 외로움을 달래주는 영혼의 쉼터, 천년고찰 화방사가 있다. 약천은 망운산에 오르자 기쁨인가 울분인가. 가슴속에서 무엇이 울컥 솟았다. 남구만이 시를 짓는다.

망운산에 올라(登望雲山)

등라(藤蘿)를 부여잡고 돌을 잡고 높은 산에 오르니
이 산 이름이 우연히 망운임에 감동해서라오
요임금의 백성이 임금을 그리워한 뜻이 아니라면
적자가 어버이를 사모한 정이 아니겠는가
흰 구름 외로이 날아가니 향정(鄕井)이 희미하고
한 덩어리 붉은 구름 멀리 사라지니 궁성과 막혀 있네
다시 바다에 몇 점의 그림자 떠 있으니
바람 따라 어느 날이나 서쪽을 향해 갈는지

 칡넝쿨을 휘어잡고 오를 만큼 망운산은 한양 선비 남구만이 오르기에 그리 쉬운 산은 아니었다. 남구만은 망운산, 그 산 이름에 감동한다. 구름이 어느 날에 한양 쪽으로 길을 틀지 알 수 없지만 그 희망 속에 자신을 포함시킨다.
 타고난 성품이 너그럽고 온화해도 타향살이는 심신으로 고초가 심했던가. 그는 천리 타향 냉방에 홀로 누워 문을 닫아걸고 신음을 흘린다.
 하필 유배지가 한양에서 가장 먼 남녘 섬이다. 깊은 밤엔 여우가 울고 늑대가 산을 헤집고 다닌다.

유배를 당한 처지에서는 유배지가 멀수록 그 의미와 해석이 비관적이었다. 행여 이곳에서 생을 마감하는 것은 아닌가. 이처럼 구차하게 생을 유지할 가치가 있는가. 고민하지 않을 수 없다. 멀리 바다 가운데 둥 떠 있는 작은 섬 노도가 보인다. 그 섬은 그가 떠나온 한양처럼 한없이 멀게 여겨졌다.

심란하여 잠을 설친다. 그는 이른 아침 집을 나선다. 휘적휘적 화방사로 발걸음을 옮긴다. 화방사는 채진루의 이름이 말하듯, 삶의 진실을 캐는 도량이다.

신라 문무왕 때 원효대사가 세운 연죽사였다가 조선 시대 1636년에 지금의 자리로 옮겨 짓고 화방사라 불렀다고 한다. 특히 화방사에는 1981년 10월 화재로 소실된 이충무공 목판 묘비가 복원되어 있다. 임진왜란 당시 충무공 이순신 장군과 함께 순국한 장병들의 영혼을 모시고 제사를 지낸 호국사찰이다. 화방사 주변에는 장병들의 유혼인 듯, 도처에 산닥나무 노란 꽃이 피어나 그윽한 분위기를 자아낸다.

남구만은 적소에 가만히 앉아 있을 수가 없다. 마음이 산란하다. 매일 새벽에 적소를 나온다. 구불구불 산길을 오르고 내리면서 정처 없이 걸어간다. 동서남북을 가릴 수도 없이 무작정 멀리 걸었다. 앓던 몸이라 온몸이 땀으로 흠뻑 젖는다. 발길 멈춘 곳이 어디쯤일까. 울울창창 숲이 우거진 곳에 사람 그림자가 보였다. 혹 사시 예불을 마친 스님이 포행을 나온 것일까. 사람 자취가 그리워 다가간다. 남구만이 놀란다. 하 오래였으나 그는 인성 스님이었다.

- 여기서 이렇게 뵙다니 꿈만 같습니다.
- 약천 처사님! 반갑소이다. 이게 다 불연이 아니겠소.

인성 스님은 별로 놀라는 기색이 아니다. 여유가 있다. 남구만의 유배 소식을 혜안으로 알고 계셨던가, 약천이 화방사를 돌아 용문사로 내려올 줄 미리 아셨던가.

인성 스님이 계시던 한양의 ○○사찰은 김만중의 소공동 집에서 가까웠다. 만중도 만날 겸, 나랏일에 매인 남구만이 가끔 찾았다. 인성 스님은 한양에서부터 피차 신분을 떠나 막역한 사이였다.

인성 스님이 남구만의 손을 잡고 용문사 도량으로 안내한다. 도량으로 들어섰다. 산새 소리와 시냇물 소리 빼고는 한없이 적요하다. 남구만이 옷깃을 여민다.

대웅전에 올라가 부처님께 삼배(三拜)를 드린다. 홀연 진한 향기가 코끝에 감돌았다. 향기 출처를 찾아 고개를 돌린다. 노랗게 잘 여문 유자가 연화대 소반에 몇 개 올라있다. 산길 걸어오면서 샛노란 유자를 주렁주렁 달고 있는 유자나무를 보았더니 도량에도 유자였다. 유자 향기에 남구만은 가까스로 정신을 추스른다.

 망운산과 더불어 남해읍 이동면에 우뚝 솟은 호구산은 남해의 대표적인 산으로 용문사와 염불암, 백련암 두 암자를 품고 있다. 백련암은 독립운동가 33인 중 한 분인 용성 스님, 그리고 성철 스님이 수행한 곳으로 유명하다. 그 아래 천년 고찰 용문사 도량은 지름길로 오면 망운산 화방사보다 약천의 적소에서 조금 더 가깝다.
 유자가 남구만을 이끌었던가. 남구만은 스님들과 교류가 시작된다. 마음이 앵강만 바닷물처럼 고요한 날, 큰스님의 법문도 들었다. 법회 후에는 스님들이 도량 근처 차밭에서 채집하여 손수 덖어 발효시킨 차를 마셨다. 한양에서 온 유배객 남구만의 낙이었다.

시심을 불태우다

　용문사 도량에서 유자 향기를 만나고 나서 남구만은 유자를 칭송하는 시를 지었다. 외롭고 울적한 마음이 절로 희석된다. 아프고 무겁던 몸도 가뿐하다. 어린 날 용와리 고향 집 대밭에서 뾰족뾰족 싹트던 대나무 순처럼 그의 소망이 조금씩 자라는 것 같았다. 대순 요리를 맛나게 드시던 할아버지의 형상이 시 행간마다 봄 들판의 아지랑이처럼 아슴아슴 피어오른다.

팔월에 유자를 먹으니 아직도 푸르므로

- 학생 하장. 박은로에게 써서 보여주다

팔월이라 남쪽 고을에 가을이 늦게 찾아오니

산해(山海)의 진귀한 과일 아직도 껍질이 푸르구나

역시 풍성하게 향기를 내뿜고

차곡차곡 연한 살이 가득히 찼다오

숲 아래에서 소자(蘇子)*처럼 먼저 먹음 부끄럽고

영 땅 가운데 굴평(屈平)** 스승에게 멀리 견주노라

이로 인하여 다시 인물을 구하려 하노니

그 누가 구생(區生)***이 아직 배우지 않을 때인고

- 기미년에 나는 거제도로 유배 갔다가 남해로 옮겨왔다. 가을이 깊어 밤이 길어지자 잠이 더욱 적어졌다. 평소 기력이 허약한데 눈까지 어두워져서 등불을 켜고 앉아 책을 읽을 수가 없다. 함께 말을 나눌 사람이 없기에 유자 시

---

* 　소자(蘇子): 인명(人名. 소식(蘇軾)
** 　굴평(屈平): 본 이름 외에 부르는 굴원의 자(字)
*** 　구생(區生): 구생(區生) 구책(區册)으로, 소동파가 황주(黃州)로 유배 갔을 때에 처음 수학한 생도(生徒)이다.

를 지어서 첩운으로 20수를 이루었다. 이것을 시라고 여겨서가 아니다. 애오라지 스스로 적적한 마음을 달랬을 뿐이다… 향기로운 것을 마시고 먹으며 향기로운 물건을 차고 입고자 한다면 이 유자 말고 무엇이 있겠는가. 아, 유자는 비록 하찮은 한 물건이나 비흥*의 체와 멀고 가까운 뜻을 또한 여기에 미룰 수 있으니, 마음이 이끌려 차마 끊어버리지 못함과 말이 중복되는데도 삭제하지 않은 것은 이 때문이다.

약천은 유자를 만나 시를 짓는 중에 더욱더 시심이 불타오른다. 다 익지 않고서도 진한 향기를 뿜어내는 유자를 무연히 바라본다. 아직 때가 이르지 않은 그 자신을 보듯이.

---

* 비흥(比興): 유협의 《문심조룡》에서 창작론(創作論)에 해당하는 제36장의 제목이다. 유협은 이 장에서 흥과 비를 칭찬과 비판에 대응하는 것으로 설명하고 있다.

유자의 전신은 성인

서리 온 뒤 감원에는 둥근 것 드무니

전신이 대성(大聖)이라 온통 금가죽이라오

상증(上證)*을 구하느라 몸이 항상 높이 매달려 있고

제방에 희사하느라 우선 자기 살을 베는구나

코로 맡으며 단행자를 불러오고

눈이 열리니 벽선사를 보았노라

정과를 만드는 것이 어느 날인지 아는가

* 상증(上證): 가장 높은 지혜

봉황이 꿀을 바칠 때를 기다려야 한다오

잠재된 시심인가. 유배객의 외로움인가. 유자의 전신이 상증을 구하는 성인, 불도를 닦는 단행자, 벽선사인 듯, 그 느낌을 시로 표출한다. 남구만은 유자나무에 무수히 매달린 유자에서 깨달음을 얻기 위해 용맹정진하는 수도자의 모습, 상구보리 구도행을 본 것인가. 유자가 자기 살을 잘라 사람들에게 먹이는 모습에 중생을 제도하는 하화중생, 불가의 자비행을 칭송한다.

유배온 이후 울분과 배신감에 서너 달 병석에 누운 약천을 구한 건 사람도 약물도 아니고 유자였다. 약천은 유자를 성인처럼, 수행자처럼 또한 그의 둘도 없는 벗으로 여겼다. 유자의 엄숙한 자태와 신실함, 그 미덕을 배우려고 노력했다. 남해 유자가 새삼스럽게 남구만에게 유불자로서의 가치관, 선비정신을 일깨웠다.

냉방에서 전전반측하며 홀로 슬퍼하니
베개와 이부자리 눈물 자국 가득하네
창밖에 두견새는 새벽까지 울어대는데
이내 마음 그대와 함께 말하고 싶노라

1679년 3월 말, 유배길에 오르는 남구만의 심정은 참담하기 이를 데가 없었다. 유배까지는 설마 했다. 나라 잘되라고 상소를 올린 것 아닌가. 그만한 일로 왕이 자신에게 유배형을 내릴 줄은 전혀 예상하지 못했다. 문제는 영의정 허적의 서자 허견이었다. 남의 아내를 자신의 집으로 납치한 뒤 방에 가두고 사흘 동안 겁탈을 자행했다. 남구만이 그 사실을 먼저 알았거나 왕에게 상소를 올리려고 한 게 아니다. 왕의 인척인 김석주가 집에 찾아와 강권하므로 상소를 올렸다. 그 상소로 말미암아 대신을 모함한 죄로 유배형을 받았다. 설마가 사람 잡은 것이다.

 - 허적은 본시 좀스러운 작은 그릇으로 교양과 학식이라곤 없다. 영상 자리에 앉아서 임금에게 아부만 한다. 그의 서자 허견은 아비의 권력을 믿고 오만방자하여. 부도덕한 행동을 일삼았다. 남의 아내를 제집에 붙잡아와 겁탈하고, 게다가 집안의 경사에 왕실의 기름 가림막을 함부로 가져다 사용했다. 은밀하게 군대를 사병화하고 반역을 도모했다. 그의 비행은 열 손가락으로도 부족하다. 나 남구만은 도리어 이렇듯 효잡한 일에 죄를 입어 먼 곳에 유배되었다. 허적과 허견은 탈 없이 여전하니 형벌을 적용함이 이렇게 전도되었는가. 아! 분하도다!

남구만은 자책했고 분노했다. 그가 유배지 남해에 와서 병을 얻은 직접적인 이유였다. 한양의 허적, 허견 부자가 탈 없이 잘 지낸 것은 아니다. 그들의 처참한 최후가 그에게 아직 당도하지 않은 것뿐이다.

　남구만이 유배지 남해에 도착하던 그날, 산림 속 거처는 냉방이었다. 이부자리도 허술하기 짝이 없다. 그날 밤부터 몸살기가 덮치고 기력을 차리지 못한다. 그가 불면하는 것은 숙소의 불편 때문만은 아니다. 자신도 모르게 눈물이 비 오듯 흘렀다. 숲속에 둥지를 튼 고라니에게 말을 걸고 싶을 만큼 전신에 경련이 일면서 지극한 외로움이 덮쳐왔다. 남구만은 그의 숙부 남이성에게 편지를 썼다.

　- 숙부님! 잘 계시는지요? 이 섬은 추위가 함경도에서 순행할 때보다 더 심합니다. 눈꽃의 크기가 거의 방석만 하니, 참으로 괴이하고 괴이합니다.

　남해 섬에도 눈이 내렸던가. 심리적인 추위인가. 편지 사연은 더 이어지지 않았다. 편지에서 눈꽃이 방석만 하다는 표현이 특별하다. 녹지도 않고 풀 나무에 내려 얼어붙은 눈꽃! 약천의 눈에 눈꽃이 아름답기보다 그 크기만 돋보인 것일까. 남구만은 편지 쓰기를 돌연 멈춘다.

대인과 소인을 가르는 데 남인과 서인, 노론과 소론을 가릴 것 없다. 그는 진즉에 '허적은 소인'이라고 지칭한 김만중의 판단이 옳았다고 여긴다. 남구만이 보기에 만중은 어릴 때부터 말수 적고 성품이 순수하고 맑았다. 강직하고 청렴한 김만중도 허적 때문에 고통을 당하지 않았던가. 김만중이 인편을 통해 남구만에게 서찰을 보내왔다.

전략 –

풀만 제거하고 뿌리까지는 미치지 못하여

들판 불이 탔지만 이내 봄이면 무성했네

그 공은 높아 우왕이 치수(治水)*함과 같고

그 힘은 맹자가 양주(楊朱)**를 물리침과 같네

남긴 문장은 해와 별처럼 드러나서

어리석은 선비도 가려잡을 줄 아는데 – 후략

– 등잔불 밑에서 대강 초 하느라 일일이 다 말하지 못하

---

* 우왕의 치수: 중국 첫 왕조인 하(夏)의 우왕(禹王)은 홍수를 잘 다스린 공로로 권력을 잡았다.
** 양주(楊朱): 중국 전국 시대의 학자(B.C440?~B.C360?). 노자 사상의 일단을 이은 염세적 인생관으로 자기중심적인 쾌락주의를 주장하였다.

니, 어이하면 서포 그대와 서로 대면하여 여러 이야기를 실컷 나눌 수 있겠습니까.

남구만은 한양 소식을 모른다. 하지만 풀과 뿌리, 해와 달, 우왕의 치수, 쾌락주의자 양주를 피력하는 김만중에게 하고 싶은 이야기가 많다. 당장이라도 서포에게 달려가고 싶다.

그는 적소에서 나와 적막한 산길을 오른다. 용문산에서 유자를 만난다.

유자는 나의 스승

금비늘 갑옷을 입으니 차가운 빛을 다투고
옥장의 가인 향기로운 살을 시샘하네
색은 중앙을 차지하니 가장 바름을 얻었고
향기는 한 줄기 향과 같으니 스승이라 칭할 수 있네

잘 익은 유자는 노란색이다. 오행에서 노란색은 토에 해당한다. 토의 자리는 중앙에 속하므로 상생과 중용이다. 노란색 유자는 어디에도 치우치지 않는 중용의 덕을 지니고 있다고 예찬한다. 껍질이 두터워 유자는 금비늘 갑옷을 입었다고 표현한다. 자연스러운 위엄에다 향기마저 뿜어내니 유자는 만백성의 스승이 될 만하다는 것이다. 사람보다 나은 유자, 유자에 대한 최고의 찬사가 아닌가.

중용의 덕을 지닌 유자, 고난의 세월을 꿋꿋하게 견뎌낸 유자는 고절하고 기품 있는 선비를 닮았다. 이는 남구만이 유자에서 발견한 선비정신의 진면목이다. 유자는 곧 남구만 자신의 모습이 아닌가.

남해 향교 뜰에 울창한 유자나무를 보며

부자(夫子)의 궁장 저녁 햇빛이 늦은데
뜰 가득히 아름다운 열매 노란 껍질 찬란하네
행단(杏亶)*에 드리운 살구나무 그림자인 듯
아름다운 복숭아 눈 같은 살과 비교할 수 없네
방안에 들어오면 지초(芝草)와 난초 모두 유익한 벗이오
늦게 시드는 소나무와 측백나무 모두 엄한 스승이라네
바람에 임하여 세 번 냄새를 맡으매 감회가 많으니

---

* 행단(杏亶): 공자가 강학(講學)하던 곳

한 획 모름지기 박괘(剝卦)* 위에서 찾아야 하리

　남해 향교 뜰의 유자는 복숭아의 아름다운 살과 비교할 수가 없다고 표현한다. 가을철에 잎과 열매 다 떨구고 까치밥으로 남은 단 한 개의 감처럼, 바람결에 날아오는 유자 향기는 세 번 맡으므로 감회가 깊어진다.

　남구만은 시에서 유자의 선하고 향기로운 품성을 산지박괘의 석과(碩果)**에 비유한다. 어쩌면 석과는 그 자신과 같지 않은가. 만약 그렇다면 그는 희망이 있다고 믿는다. 남해 향교에 울창한 유자나무의 미덕은 이뿐 아니다. '위 속의 나쁜 기운을 없애고, 습담을 제거하며, 장독을 이기게' 한다. 또 배와 전복을 섞어 김치를 담그고, 낙과한 유자를 비벼 말려서 갓끈의 관자나 바둑알을 만들어 사용한다. 남구만이 보기에 유자는 그 자태로 보나 쓰임으로나 유용할 뿐 아니라 거룩하기도 하다.

---

*　　박괘(剝卦): 주역(23번) 산지박괘를 가리킨다.
**　　석과(碩果): 가장 크고 좋은 열매. 씨앗이 되는 종자

귤나무의 수난을 듣고

천 명의 종이 10년 걸려 가꾸었는데
무슨 일로 뿌리에 불 놓고 껍질에 도끼질하는가
다강(茶綱)만(灣) 고을의 원망을 부르는 것 아니니
예로부터 귤의 세금 백성들 살을 베어갔네
꺾이고 쇠잔함은 복숭아를 시기하는 여자 만난 듯하고
황폐함은 참으로 가시나무를 기르는 원예사가 되었구나
나는 이 말을 들으매 마음이 몹시 서글퍼지니
풍속이 순박하고 물건이 풍성함 어느 때에나 기대할꼬

    남해 전역에는 유자나무가 숲을 이루었다. 가을과 겨울 사이에 유자의 황금빛이 휘황찬란하다. 유자 농사는 본래 남해 농민들의 생업이었다. 근래는 천 명의 종이 10년 걸려 가꾼 유자나무에 관청에서 나무마다 숫자를 세어 세금을 거두어 갔다. 유자를 거두어 간 게 아니라 백성들의 삶과 기쁨을 앗아간 것이다.
    백성들은 세금이 무서웠다. 유자나무를 베어버리거나, 불을 놓아 나무를 없앴다. 약천은 유자나무에 민초들이 불을 지른다는 이야기를 전해 듣고 남해 농민들의 애환을 헤아린다.

난포를 지나며

- 신사 뜰 앞에 푸르고 노란 유자

총사(叢祀)에서 너 때문에 나의 발걸음 더뎌지니

푸른 것과 노란 것 섞여 있어 비단 껍질 찬란하네

계수나무 술과 천초(川椒) 음료도 상쾌한 맛을 양보하고

해초 안주와 난초 안주도 부드러운 살을 사양하리

빛은 해를 희롱하여 영좌(靈座)에 들어오고

향기는 바람 따라 여사*에 스며드네

내 지금 글을 지어 초객(楚客)**을 따르노니

신에게 제사하여 맞이하고 보낼 때에 부르지어다

난포를 지나다 발걸음을 멈춘다. 비단 껍질 유자, 찬란한 유자나무를 바라보는 남구만! 유자의 껍질뿐 아니라 유자의 부드러운 속살도 찬탄한다. 여신을 모신 사당에 유자 향기가 스며드는 환상 속에서 그는 굴원을 그린다.

---

* 여사(女師): 여신을 사당에 모신 것
** 초객(楚客): 초나라 나그네, 여기서는 굴원을 가리킨다.

굴원의 귤송과 절개

천지간에 아름다운 나무가 있으니 귤이 우리 땅에 내려왔네

타고난 성품은 바뀌지 않으니 강남에서 자라는구나

뿌리 깊고 단단하여 옮기기 어려우니 한결같은 뜻을 지녔음이네

푸른 잎에 흰 꽃 피어 어여쁜 것이 즐겁게 하네

겹겹의 가지에 날카로운 가시 있고

둥근 열매가 달려있네. 푸르고 누런 것이 섞여 열리어

그 문양이 찬란하네 - 후략

굴원은 천지간에 아름다운 나무, 귤나무를 칭송한다. 단단하고 뿌리 깊어 성품이 변하지 않음을 노래했다. 어여쁜 꽃, 날카로운 가시, 푸르고 누런 둥근 열매의 문양이 찬란하다고 읊었다.

굴원은 과연 누구이며 어떤 사람인가. 굴원은 유자나무 열매에 이토록 극진한 찬사를 퍼부었다. 과연 굴원이 칭송하는 유자같이 완벽한 사람이 있을까. 귤송*의 내용은 굴원이 귤이고 귤이 굴원 같다.

가히 독보적이고 신묘한 귤송이다.

임금에게 배척당해 유배지를 떠돌다가 멱라 강에 투신한 굴원, 불의에 굽힐 줄 모르는 굴원의 지조와 절개가 귤송에 잘 어우러져 있다.

남구만은 유자 시를 지으며 유배 기간을 선용하는 가운데 굴원의 귤송을 예찬한다. 굴원의 고결한 인품과 임금을 향한 충성심, 지조와 절개를 되새겨 본다.

---

* 굴원의 귤송(橘頌): 중국 전국 시대의 시인 굴원의 초기 작품으로 《楚辭》〈九章〉에 실린 글. 귤나무를 통해 굴원의 굳은 지조를 비유한 작품이다.

해배의 기쁨

　남구만은 그해 12월 뜻밖에 해배 소식을 듣게 된다. 유배를 받아들이며 적응하는 관용의 자세. 이는 혹 남해 유자로부터 터득한 미덕인가. 유배 기간이 다른 유배객에 비해 짧은 것은 유자가 그에게 끼친 은택이었을까. 남구만은 이른 아침 용문사로 간다.
　- 약천 처사님!
　인성 스님이 약속이라도 한 듯 그를 부르며 다가왔다. 스님이 오른손을 내민다. 이별의 악수는 오래 걸리지 않았다. 약천의 눈가에 눈물이 어린다. 왕의 은전을 입고 자유의 몸이 되어 한양으로 올라가게 되어 감개가 깊었다.

유배객들이 남구만의 해배 소식을 듣고 숲에 가려진, 근처 적소에서 나와 용문사 도량으로 하나둘 모여왔다. 그들 중 몇 사람은 말없이 눈물만 훔친다. 남구만은 천 리 타향 적소에 그들을 남겨두고 혼자만 떠나는 것이 미안하고 아쉬웠다.

- 스님! 제가 떠나더라도 이곳 선비들을 잘 보살펴 주십시오. 그들이 홀로 골방에 머물러 있지 않고, 스님들과 차담도 나누고 불은을 입도록 힘써주세요.

남구만이 말을 마치자 인성 스님 뒤에 서 있던 유배객들이 남구만 앞으로 나와 악수를 청했다.

- 나으리! 해배 되심을 축하드립니다. 무탈하게 잘 올라가시기를 빌겠습니다. 부디 한양에 가시거든 저희를 잊지 마십시오!

- 네! 오직 건안하시기를 빌겠습니다.

남구만은 우선 그들의 건강을 빌었다. 그동안 공부해 온 다양한 서적을 인성 스님께 기탁했다. 천문 역법을 비롯해, 공맹 노장철학, 천문학, 조선의 고대 역사 지리에 더하여 의서, 서학 등이었다. 그뿐 아니다. 남구만을 호위하기 위해 한양에서 내려온 남구만의 자형 박세당 역시 그가 중국에 오가며 모은 서책을 인성 스님에게 드렸다.

박세당은 교조화된 주자 사상에 반기를 든, 강직하고 지조 높은 학자였다. 청나라에 사신으로 오가면서 중국 물정에도 밝았다. 약천과 박세당은 남해에 기거하는 유배 선비들을 위해 용문사 서가에 많은 도서를 남겨두었다.

남구만이 용문사 일주문 밖으로 천천히 걸어 나온다. 발걸음을 멈추고 유배객들을 돌아본다. 가슴에서 열화 같은 게 울컥! 올라왔다. 죄랄 것도 없는 하찮은 일로 유배당한 그들이 남 같지 않았다. 남해 적소에서 보낸 세월이 비록 짧다 해도 남구만은 선연을 이별하는 것, 유배객들을 두고 자신만 떠나는 것, 유자를 볼 수 없는 것 등으로 마음이 몹시 스산했다.

- 약천 처사님! 한양에 도착하시면 잘 도착했다는 기별이나 전해주시오.

인성 스님에게 남구만은 합장으로 예를 표한다.

히힝! 히히힝!

시종이 말을 끌고 왔다. 말도 결별의 아픔을 아는가, 머리를 쳐들어 올리고 허공을 향해 제 목소리를 냈다.

- 여러분 잘 지내십시오. 모쪼록 건강하셔야 합니다.

- 여기 일은 염려 마시고, 어서 떠나시게.

- 처사님! 부디 한양에 가시거든 바른 정사를 펴주시어 만백성이 다 잘 살게 해주십시오.

- 무사히 잘 가십시오.

인성 스님에 이어서 유배객들이 약천에게 마지막 작별 인사를 고했다. 유배 온 분들이 이렇게 많단 말인가. 남구만은 다시 눈시울이 붉어졌다.

- 어서 말에 오르시지요.

남구만이 자형 박세당에게 양보했다.

- 아니오. 나는 뒤에 가겠소.

말 두 필이 나란히 용문산을 내려갔다. 산 위에서 손을 흔드는 유배객들 사이에서 인성 스님의 회색 도포 자락이 바람에 펄럭였다. 그 자취는 점차 멀어져 갔다.

제9부

환국의 귀재

숙종은 현종의 외아들로 태어나 정통성에 하자가 없다. 세자로 자라 14살에 즉위하였다. 불행이랄까. 인경왕후 인현왕후 인원왕후 세 왕비에게서 적장자가 한 명도 태어나지 않았다. 희빈 장 씨와 숙빈 최 씨에게서 장차 경종과 영조가 되는 왕자를 얻는다.

당쟁이 점점 더 심해진다. 임진왜란, 정유재란 등을 겪은 후 조선 정국은 불안하고, 백성의 삶은 극도로 궁핍하고 황폐했다. 전후의 피해를 수습하고, 국토를 재정비하는 가운데 가장 시급히 해결할 과제는 민생의 안정이었다. 그 가운데 남구만이 존재했다.

숙종은 왕권 강화 정책의 일환으로 환국의 방식을 채택한다. 서인과 남인이 번갈아 집권하도록 획책했다. 환국 때마다 반대편은 삭탈관직을 당하고 귀양 가거나 사약을 받는다.

남인에게 정권을 맡겨보았으나 불미한 사건만 연일 일어났다. 숙종이 남인에게 경고했다.

- 나랏일을 맡아 제대로 보람을 드러내는 이가 한 사람도 없다.

왕의 한 사람이라는 범위는 남인 전체를 가리킨다고 볼 수 있다. 남인은 무능하다는 것이다.

- 사당에 관련되는 일이면 임금의 명령도 따르지 않고, 관정도 거행하지 않는 경우가 있다.

왕은 세력 균형을 도모하기 위해 탕평론을 제시한다. 별 효과가 없다. 1680년 경신환국이 일어난다. 환국은 숙종의 왕권 강화를 위한 정권교체 방법이었다. 남구만이 남인의 핵심 인물 윤휴와 허적의 서자 허견을 탄핵하자 숙종은 남구만이 그들을 모함했다고 죄를 덮어씌웠지 않은가. 남구만은 어머니에게 하직 인사를 올리고 거제도로 갔다. 얼마 후 다시 바다를 건너 남해로 이배되었다. 그해 6월, 남인 허목이 임금에게 서인 남구만을 변호하는 상소를 올렸다.

- 허적은 권력을 독점하고 그의 서자 허견은 형편없는 짓거리를 일삼으니, 항간에서도 모두 알고 있는 일입니다. 국법을 관장하는 자들이 이를 보고도 못 본 체하니 통탄할 일이 아닐 수 없습니다. 남구만의 상소로 이 사건이 처음 알려지게 되었는데도 상께서는 남구만을 귀양 보내니, 인심이 더욱 흉흉합니다.

남인 허목이 남인 허적을 공격했다. 남인 허목이 서인 남구만을 변호한 것이다. 왕이 남인을 배척하고 서인에게 정권을 맡긴다.

남구만이 남해 유배에서 풀려난다. 조정에 복귀해 도승지 대사간을 지낸다. 5월에 역적을 토벌한 사실을 알리는 임금이 반포하는 교서, 토역반교문(討逆頒教文)을 올려 보사원종공신 1등에 녹훈*된다.

이듬해 5월 22일 남구만은 어머니가 위독하다는 소식을 듣고 결성으로 달려갔다. 아들이 먼 섬으로 귀양 가 있는 지경이었으니, 모친의 병환, 별세가 다만 노쇠에만 국한한 것일까. 23일 남구만의 모친이 별세한다. 남구만은 정성껏 3

---

* 　녹훈(錄勳): 훈공을 장부나 문서에 기록한 것

년 시묘살이*를 시행했다.

  1683년 병조판서 남구만은 함경도 관찰사의 경험을 되살려 북방에 무창과 자성 등 두 군을 설치해 고토 회복을 위해 힘쓴다. 1684년(숙종 10) 1월 우의정에 제수된다. 7월 사은사 겸 동지사로 중국에 다녀온다. 귀국 후 5월에 좌의정이 된다. 12월에는 중국에 강계 부사 일로 의금부 당상관과 함께 중국에 다녀온다. 1686년 4월 중국에 갔다가 11월에 귀국한다. 1687년(숙종 13) 7월 남구만은 영의정에 올랐다. 남구만은 송시열의 훈척 비호를 반대하는 소장파를 주도해 소론의 영수가 된다. 그는 지난날의 유배가 무색할 만큼 승승장구한다. 삼공의 지위를 누린다.

  이조판서 박세채가 상소한다. 이 상소는 기사환국의 빌미가 되었다.

  - 혜민서 제조 동평군을 다른 종친과 동일하게 대우해야 합니다.

  - 제조 동평군은 규정에 없는 종친 특혜이니 거두어야

---

* 시묘(侍墓)살이: 부모의 상중에 산소 옆에 움막을 짓고 3년간 거주하며 묘를 돌보는 전통적인 유교적 관습. 효를 실천하는 상징적 행위로, 조선시대 사대부 사이에서 널리 유행했다.

마땅하옵니다.

박세채에 이어 조정의 대신들도 동평군이 특혜를 누린다고 규탄했다.

- 정비가 젊으시니 상감의 거조가 매우 지나치십니다.

박세채는 또 숙종의 지나친 희빈 총애를 비판했다. 영의정 남구만이 박세채를 옹호 동조했다.

- 종친을 너무 감싸고돌면 다시 이런 일이 일어나지 않을 것이라고 장담할 수 없습니다. 지난번(1680)에 복창군, 복선군이 역모죄로 사사된 것을 잊으셨습니까?

남구만의 말이 끝나기 왕은 무섭게 분노를 폭발한다.

- 동평군은 인조의 친손자요, 짐이 다른 종친보다 후하게 대하는 게 무슨 문제란 말인가. 남구만은 복창군, 복선군의 일과 동평군을 의심하기까지 하였으니 남구만을 엄히 국문함이 마땅하다.

왕은 종친 사이를 시기하고 모함하는 말을 지어낸 무리들을 당장 색출해 국문하라고 엄명을 내린다. 그 무리 속에 남구만이 들어 있다는 것인가. 박세채는 이조판서에서 물러난다.

- 신이 아뢴 것은 예전의 일을 들어 훗날의 경계로 삼으려는 뜻이었습니다.

남구만은 영의정으로서 조정의 분위기를 왕께 전한 것이라고 해명한다. 왕의 종친을 모함하는 뜻이 조금도 없다. 1689년 기사환국이 일어난다. 박세채를 옹호한 남구만은 왕의 미움을 받고 경흥으로 두 번째 유배를 간다.

　숙종의 환국 때마다 피바람이 불었다. 내 편이냐 네 편인가가 문제일 뿐, 말 한마디 잘못한 죄로 고위급 관리들의 유배는 일상화되었다. 남구만은 이듬해 해배되었으나, 왕은 그의 직첩을 빼앗고 삭탈관작, 한양 밖으로 추방하는 문외출송의 명을 내린다.

　- 내 본래 남구만이 평소에 강직하고 공정함을 알고 있으나, 그가 아뢴 것이 지극히 괴이하므로 놀라움을 금할 수 없다.

　왕은 그해 12월 남구만에게 빼앗은 직첩을 환급하도록 명했다. 김만중이 남해 노도 섬에서 위리안치 유배 살 때였다. 서포로서는 위로의 말도 전할 수 없는 형편이었다.

　숙종은 초비인 김만중의 조카 인경왕후 사후, 민 씨가 인현왕후로 채택되기 전부터 궁녀 장옥정을 후궁으로 삼았다. 장 씨가 왕자 윤(昀)을 낳자 불과 몇 개월 만에 갓난아기를 원자로 삼으려고 서둘렀다. 인현왕후는 폐위되었다. 조선은 또다시 정치적 풍랑을 겪는다. 노론의 거두 우암 송시열이 강력하게 반대의견을 냈다.

- 신 아뢰옵니다. 왕자 윤의 세자 책봉은 너무 빠른 감이 있습니다. 정비 인현왕후 연소하시니 더 기다려 보심이 합당한 줄 아뢰오!

우암은 송나라 철종을 예로 들었다. 그가 10살까지 부왕을 지키는 번왕(藩王)의 지위에 있다가 그의 부친 신종이 병이 들자 비로소 책봉하여 태자로 삼았다. 제왕의 결정은 항상 여유 있게 천천히 하는 것을 귀하게 여긴다는 뜻으로 아뢴 것이다. 서인들이 들고 일어났다.

- 그러하옵니다. 아직 때가 아닙니다. 중전마마 젊으시니 기다리셔야 하옵니다.

- 상께서는 더 기다리심이 지당하옵니다.

- 어찌 이런 괴변을 들어야 하는가. 이건 짐에 대한 모욕이고 능멸이오!

신하들이 괴변을 언급했는가. 숙종은 신하들에게 능멸을 당했는가. 남인들은 때를 만난 듯 송시열을 공격한다. 노론의 거두 송시열은 제주도로 유배 갔다. 한양으로 돌아오는 중에 정읍에서 사약을 받았다. 서인이 몰락하고 남인이 권력을 잡는다.

1694년 3차 갑술환국이 일어난다. 환국은 그냥 일어나는 게 아니다. 환국의 귀재 왕이 왕권 강화를 위해, 기회를 엿보다가 화투패를 뒤집듯, 정권교체를 도모하는 것이다.

환국으로 남인 정권의 실세들이 대거 축출당한다. 서인을 국문했던 남인 인사들이 전국의 절도로 유배를 간다. 승정원과 삼사의 관리들도 모두 파직당한다. 왕은 남인을 싹 쓸이했다.

노론 김춘택과 소론 한중혁이 합심하여 폐비 인현왕후의 복위 운동을 전개하였다. 남인 민암과 이의징이 민비 복위 운동을 한 자들을 심문한 사실을 숙종에게 보고하려 했다. 보고할 겨를도 없다. 숙종이 대대적인 개혁을 단행했기 때문이다.

남인이 대거 축출되고 서인은 노론과 소론으로 갈라진다. 서인이란 정체성은 명맥을 유지했지만 각각 다른 붕당으로 대립 갈등하면서 활동을 펼치게 된다. 노론은 명분과 민생을, 소론은 남구만을 중심으로 실용적인 정책과 북방 개척을 중요시했다.

왕이 직접 환국을 주도하므로 외척과 종실의 정치 참여가 가세된다. 갑술환국으로 남인들이 대거 물러가자 영의정 자리가 비었다. 왕명을 받들 승지도 한 명 없다. 왕은 남구만을 중심으로 소론 정권을 구축한다.

남구만은 마침내 운명의 재 넘어 사래 긴 밭에 당도한 것인가. 극심한 당쟁 시대에 소론 계열의 대표적 인물로 부상, 소론의 영수로 위상이 올라간다. 책임은 더욱 무거워졌다. 인현왕후가 복위되고 왕비 장 씨는 다시 희빈으로 강등되었다. 숙종이 중대 사안을 발표한다.

첫째, 국본을 동요시키는 자는 용납하지 않는다. 국본은 곧 세자에 관한 것으로 정권을 잡은 서인 정권에서 세자를 건들면 안 된다고 경고한다.

둘째, 폐인 인현왕후를 비롯해 홍치상과 이사명을 신원하려는 자는 용납하지 않는다. 서인이 다시 집권했다고 해서 기사환국이나 폐비 결정에 시비를 걸지 말라는 것이다.

셋째, 이상*을 신원하려는 자는 용납하지 않는다. 이를 어길 경우, 역률**로 다스리겠다고 엄히 못 박았다.

결국 숙종 주도로 발생한 경신, 기사, 갑술 3차례 환국은 독단적, 돌발적이었고, 그 결과는 당쟁이 더욱 치열해짐과 동시에 정치 파괴와 민생 불안으로 이어졌다.

---

*   이상(李翔): 본관은 우봉(牛峯). 자는 운거(雲擧) 또는 숙우(叔羽), 호는 타우(打愚). 아버지는 이유겸(李有謙)이다. 송시열(宋時烈)의 제자, 김집(金集)의 학통을 이어받았다.

**   역률(逆律): 역적을 처벌하는 법률

대신의 위상

1695년 7월 영의정 남구만은 왕께 여덟 번째 사직 소를 올린다. 사임을 허락받는다. 10월 다시 영의정에 제수된다. 1696년 3월 세자가례도감 도제조*에 임명된다.

5월 그는 질병을 이유로 해임을 요청한다. 즉시 해임되었다. 6월에는 노론 이현명의 모함으로 상소문을 남겨두고 경기도 광주로 떠나왔다. 영중추부사에 제수되었으나 해임을

---

* 세자가례도감 도제조: 조선 시대 국왕, 왕세자, 왕세손 등의 가례(혼례)사무를 관장하기 위하여 설치되었던 임시 관서. 도제조(정1품)

요청한다. 노론 이건명의 모함으로 비파담으로 돌아온다.

　1697년 68세 남구만은 마침내 벼슬에서 물러난다. 그에게는 환국보다 급한 것이 국방정책이었다. 국방에 관심이 많은 그는 '성경지도'를 숙종에게 보냈다. 성경지도를 받은 왕이 남구만에게 조정으로 돌아오라고 명했다. 남구만은 신병이 들었다며 거절한다. 왕은 어의를 파견한다. 남구만의 병을 돌보게 한다. 승지를 보내 사직을 만류하고, 빈한한 신하에게 주는 주급을 명했다. 남구만은 사양한다. 부인과 함께 결성으로 돌아온다.

　- 오직 성의를 더욱 돈독히 하여 조정에 나올 것을 기약해야 하나, 다만 이제 막 향리의 전원에 이르렀는데 바람과 추위를 무릅쓰고 곧바로 길을 돌리게 하면 대신을 대우하는 도리에 혐의가 있다.

　왕이 서찰에서 대신에게 대우하는 도리를 말한다. 바람과 추위에 대하여 각별하게 신경을 쓴다. 남구만은 직첩까지 빼앗기는 수모를 당한 터에 다시는 정치 현장에 나아가고 싶지 않았다. 몸이 쇠약해 쉬고 싶기도 하다. 왕께 열네 번째 상소를 올린다.

　- 신 오랜 신병으로 관작을 받자옵기 어렵사옵니다. 통촉하여 주옵소서.

왕은 남구만의 사직을 받아들이지 않는다.

– 날씨가 따뜻해지기를 기다려 생각을 고쳐 길에 오르라.

왕은 전복탕과 타락죽을 하사한다. 그해 늦가을 왕은 남구만의 결성 사저에 시를 지어 보낸다. 이른바 어제시(御製詩)다.

    그리운 마음이 더욱 간절하므로 지극한 회포를 표하노라

    홀연히 돌아가 누운 지 30일이 지났으니
    깨끗한 꿈 응당 대궐에 가 있으리라
    나라를 생각하는 정성 깊어 오직 법을 만들고
    세상을 걱정하여 힘을 다하니 스스로 몸을 잊었네
    주나라에 다사다난하던 시기이고
    한나라 황실에 큰 보필을 생각할 때라오
    자리 비워놓고 간절히 기다리는 내 뜻에 부응하여
    부디 따뜻한 봄에 조정에 나오도록 하오

노도 섬 외진 유배지에서 서포 김만중이 병사한 지 3년 후, 왕이 남구만에게 보낸 시였다. 숙종은 남구만의 직첩을 빼앗고 국문하고 유배 보낼 때는 언제인가. 이제는 이 시 제

목만으로도 남구만에게 지극정성임을 누구나 알게 했다. 숙종의 초비 인경왕후는 김만중의 조카다. 김만중은 왕의 사돈이다. 김만중과 남구만은 서로 인척 관계이면서 동문 수학한 친형제와 같다. 그들은 숙종에게 어떤 차이일까.

이 시에서 아침 다르고 저녁 다른 다혈질 임금님, 환국으로 내 편 네 편을 가르게 하고, 왕의 눈 밖에 나면 당장 요절을 내고 마는, 변덕스럽고 모진 성정은 한끝도 찾아볼 수가 없다. 한없이 자애로운 아비의 모습이다. 남구만이 심정을 술회한다.

- 상께서 사람을 보내어 어제시 한 편을 결성의 사저에 하사하시니. 너무도 놀랍고 황감(惶感)하옵니다. 감격하며 받들어 읽고서 눈물을 흘렸습니다. 삼가 차운하여 어리석은 신의 가슴에 새겨 사사로운 정을 표하니, 하늘과 같은 성상께 우러러 전달하고자 함이 아니요, 다만 훗날 후손들에게 대대로 영화롭게 보여주려 할 뿐이옵니다.

　　엎드려 성상께서 하사한 시에 차운하다

　　한 번 도성 문을 나와 백 일이 지나니
　　구천이 아득히 멀어 대궐과 막혀 있네

황비(黃扉)*에 있으나 위태로움 구원하지 못해 부끄럽고

　　백발에 도성을 떠나는 신세 됨을 달게 여기노라

　　뜻밖에 성상의 글 쑥대 집에 떨어지니

　　도리어 개미집 같은 곳에 별빛이 찬란하네

　　감격의 눈물을 은혜로운 바다에 더하기 어려우니

　　다만 남산처럼 만만세 이어지기를 축원하네

　남구만은 시에서 한양으로, 왕에게 돌아갈 뜻을 한 구절도 피력하지 않았다. 실제로 한양에는 이제 별 뜻이 없다. 단풍이 낙엽 되어 뒹구는 초겨울. 임금이 다시 남구만에게 사관을 보내 돌아오라고 명한다. 왕의 지극정성에 차마 거절을 못 한다.

　남구만이 집을 나선다. 평택에 이르러 왕께 상소한다. 왕은 사관에게 명하여 남구만과 함께 오라고 명한다. 왕은 침전에서 남구만을 기다리고 있다. 남구만은 내키지 않았다. 더 상소를 올릴 수도 없다.

　왕은 12월에 사역원 도제조에 임명한다. 남구만이 임금

---

* 　황비(黃扉): 승상, 삼공, 급사 중의 최고 관원을 가리키는 말. 그들의 문에 황색 칠을 했던 고사에서 유래한 것

님 용안만 뵙고 돌아갈 계획이었던가. 그는 또 상소를 올린다. 임금은 한양에 머물도록 권한다.

 남구만이 부재하면 나라 정사가 어긋나는가. 왕심이 오롯이 소론의 영수 남구만에게 향하는가. 남구만의 위상이 바야흐로 한양의 하늘처럼 높아진 것인가. 남구만은 자의 반, 타의 반 한양에 머무른다.

 1701년 장희빈의 사사 문제를 둘러싸고 남인 대, 서인의 노론 소론과 갑론을박이 벌어졌다. 노론과 소론은 같은 배를 탄 서인이면서 각각 다른 노선을 달린다.

 희빈 장 씨가 인현왕후를 음해한 편지가 발견되었다. 취선당에 신당을 차려놓고 저주 굿을 벌였다고도 했다. 노론 김춘택은 희빈과 희빈의 오라비를 사형시키자고 주장한다.

 - 전하! 사약을 내리셔야 마땅하옵니다.

 소론 남구만은 반대한다.

 - 전하! 세자 저하를 위해서도 사형은 아니 되옵니다. 더욱 살피시고 신중하셔야 합니다.

 남구만은 희빈과 장희재를 죽이면 희빈이 낳은 왕자가 위태로워진다는 이유였다. 세자가 왕이 되었을 때 파생할 무서운 보복도 염두에 두었다. 노론과 소론의 대결에서 소론 남구만은 패배한다.

  이 일로 인해 1702년 5월, 중도적 성향의 73세 남구만은 아산으로 네 번째 유배를 간다. 11월에 해배된다. 숙종은 끝내 장희빈에게 사약을 내린다. 남구만은 중추부영사를 사직한다.

  환국의 귀재 숙종은 14세에 왕위에 올라 45년간 집권했다 왕권 강화를 위해 환국을 획책했다. 탕평과 화합은 고사하고 서인과 남인의 붕당 체제를 정치에 활용했다. 심지어는 왕자를 낳아준 비빈들까지 끝내 축출하는 방식으로 치열한 당쟁 정국은 그 후에도 계속되었다.

남구만의 우군

보개산

거북이 마을 보개산에 산불이 일어났다. 산불의 기세는 강렬했다. 산불은 산봉우리로 높이 올라가지 않고 아래로만 내려왔다. 산불이 내려오는 길목에서 앳된 임신부가 아기를 낳을 준비를 하고 있다. 산불은 맹렬한 기세로 임신부의 집 바로 위까지 내려오는 중이다. 마을 사람들은 땅을 구르며, 하늘을 쳐다보고 소리를 질렀다. 그때였다.

- 응애, 응애

갑자기 아기 울음소리가 났다. 아기의 울음소리에 맞춘 듯, 산불이 잦아들었다. 사내아기가 태어났다. 산불은 그 순간 그 집 바로 위에서 꺼졌다. 그 아기가 바로 남구만이다. 하늘이 점지해 준 생명임을 시사하는 것일까. 아기 오른 손바닥과 팔뚝 사이에 북두칠성 모양의 까만 점이 있다. 그 후 보개산 봉우리를 '감투봉'이라고 부른다. 남구만의 탄생은 그의 생애를 관통하는 예지*의 신화를 창조했다.

1639년 10월 29일 남구만의 증조고 부호군 남타가 별세한다. 남구만은 10살이었다. 남구만의 숙부 남이성은 풍수지리와 관상에 능한 남응민에게 묏자리를 부탁했다. 1643년 2월 홍주 목과동(갈산면 외리)에 장례를 모셨다.

- 두 분 모두 반드시 높이 현달할 상이오나 조카의 관상이 더욱 완전하고 좋으니 축하할 만합니다.

남응민의 예언이다. 남구만은 효종, 현종, 숙종 3대에 걸쳐 피바람 부는 당쟁 속에서 좌, 우, 영의정을 두루 거친다. 고위직에 있으면서도 공정을 잃지 않은 비범한 위인이다. 백성들에게 칭송을 받았다. 남인 정권에서도 영상을 지냈

---

* 예지(叡智): 소피아(그리스어: Σοφια, 라틴어: Sophia) 또는 예지(叡智)는 지혜의 상징이다.

다. 그는 현명한 정치가, 행정가, 낭만과 멋을 지닌 대문장가, 백성을 사랑하는 시인이었다. 역사에 해박했고, 글씨에 뛰어난 서예가였다. 남구만이 태어난 거북이 마을 보개산은 단연코 첫 번째 우군 반열에 속할 터였다.

남학명

남학명은 소론의 영수 남구만의 아들이다. 아들이면서 동지다. 남학명은 1654년(효종 5) 갑오년 2월 7일, 남구만과 동래 정씨 사이에서 태어났다. 남구만은 자녀를 여럿 낳았으나 다만 남학명뿐이다. 남학명도 10명의 자녀를 두었으나 여섯을 잃었다. 15세에 부친 남구만의 스승 동춘 송준길이 관례를 주관하고 자를 자문(子聞)이라 지어주었다.

남구만은 아들 학명이 부침이 심한 벼슬길에 나가는 것을 반대했다. 남학명은 서울 정릉과 사인동의 경저, 수락산 기슭의 별서, 용인의 별서, 고향 결성을 오가며 오로지 독서와 시문 창작으로 은둔의 삶을 살았다.

20대에 금강산을 세 번이나 다녀왔다. 전 국토를 유람하며 〈동유록〉, 〈남부록〉 등 유기문을 창작했다.

조선 후기 남학명의 문학은 남구만 - 남학명 - 남극관 3대로 이어진다. 남학명의 산문문학은 실용적 성격이 강하다. 문집으로 《회은집》, 《회은잡지》, 편저로 〈와유록〉 등이 있다.

특별한 것은 《회은집》에 〈최고죽증홍랑시서(崔孤竹贈洪娘詩序)〉가 실려 있다는 점이다.

　　최고죽증홍랑시서

　　서로 바라보는 눈길 멈출 수 없는데
　　그대에게 산속의 작은 난초를 주노라
　　이제 하늘 끝으로 떠나고 나면 언제 다시 볼 수 있으랴
　　그대 함관령의 옛 노래를 부르지 마오
　　지금도 청산은 비구름에 어둡기만 하나니

1573년 고죽 최경창이 북도평사로 부임한다. 관기 홍랑이 그를 따라 군막에 거처했다. 이듬해 봄, 최경창이 한양으로 돌아가므로 홍랑은 쌍성에 와서 그와 이별한다. 함관령에 이르자 해는 저물고 비가 내렸다. 홍랑은 시를 지어 최경창에게 보낸다.

묏버들 가려 꺾어 님에게 보내노라

주무시는 창밖에 심어두고 보소서

밤비에 새잎 곧 나거든 나인 줄 여기소서

1575년 최경창은 병이 들었다. 홍랑은 7일 밤낮을 쉬지 않고 달려 한양에 도착한다. 나라에 큰 변고가 발생하여 홍랑은 함경도로 되돌아갈 수밖에 없다. 이때 최경창이 홍랑에게 지어준 한시 〈증별〉 2수가 고죽 문집에 있다. 남학명은 왜 고죽과 홍랑의 애절한 사랑 이야기를 자신의 문집에 올린 것일까.

봄을 보내며

남학명

일 년 삼백육십 일에 좋은 계절은 봄 석 달

봄 석 달이 얼마나 되나 단지 구십일 뿐

이른 봄엔 봄빛 아직 부족하더니

늦은 봄엔 봄꽃 이미 져 버렸구나

어젯밤 봄비에 꽃 피는가 싶더니

오늘 봄바람에 꽃이 벌써 다 졌네

> 꽃 피고 지는 게 얼마나 걸리나
> 단지 하루 이틀뿐인 것을
> 일 년에 좋은 계절 하루 이틀뿐이니
> 떨어진 꽃 쓸지 못하고 길게 탄식하노라 《회은집(晦隱集)》

　남학명의 시 〈봄을 보내며〉에는 단지 꽃이 피고 지는 풍경만 묘사하고 있지 않다. 무슨 까닭인가. 무슨 연유로 최경창과 관기 홍랑의 사랑의 연한을 봄꽃에 빗대어 표현한 것인가. 추운 겨울을 견디고 고작 하루 이틀 꽃을 피우듯, 인생의 아름다운 날 역시 일 년 중 몇 날에 지나지 않는다고 탄식한다. 영욕이 반반인 벼슬살이의 허망함을 토로한 것인가. 아버지 남구만과는 다른 길을 간 남학명의 인생관, 자연관, 삶의 지향점을 함의하고 있다고 볼 수도 있다.

　남구만이 외지로 나가 정사에 골몰할 때, 학명은 어르신들을 모시고 집안의 대소사를 챙기는 역할에 충실했다. 아버지와 아들은 서찰을 주고받으며 부자간의 정리를 돈독히 쌓아갔다. 그는 아버지 남구만의 동지, 가장 가까운 우군이었다.

박세당

반남 박씨 서계 박세당은 남구만의 자형이다. 강직한 성품과 사대부 정신으로 《사변록》을 저술한 철학가, 문장가다. 국가를 위해서 자신의 안위는 돌보지 않았다.

4살 때 병자호란이 일어난다. 인조반정의 공신, 부친 박정(1596~1632)이 요절한다. 3년 후 큰형도 죽고 어렵게 살아 10살이 넘어서야 둘째 형의 가르침을 받았다. 17살에 2살 연상의 남구만의 누이와 혼인한다. 태유, 태보 두 아들을 두었다.

박세당이 비판했다. 조선 후기 개혁에 대한 제안들이 백성들에게는 별 도움이 되지 않는 공허한 말에 불과하다고 소를 올렸다.

- 고쳐야 할 폐단이 있는데 고치지 않고 채택해야 할 말이 있는데 채택하지 않으니, 이러므로 상심한다는 것은 머뭇거림일 뿐이고 재앙을 그치게 한다는 것은 헛된 글일 뿐입니다.

〈응구언소〉*에 박세당의 개혁안이 잘 나타나 있다. 국왕

---

* 응구언소(應求言疏): 신분제도와 사대부들의 무위도식을 비판한 소

의 성실한 친정, 대신들의 충실한 직무 수행, 부정부패 방지와 조세의 균등, 병역 제도 일원화, 궁중 재화의 낭비 방지 등이었다. 그의 국가 운영 방식은 이상적인 인정의 실현이었다. 인정이란 국왕이 스스로 모범을 보여 백성을 교화시키는 것에서부터 실현될 수 있다고 믿었다.

- 정치를 덕으로 한다는 것은 먼저 자기를 다스린다는 것이다. 자기를 먼저 바로잡음으로써 남을 바로 잡아 바로 천하를 복종시키는 것이니, 북극성이 제자리에 있다는 것은, 즉 자기를 다스림에 이른 것이다.

박세당은 국가를 부유하게 만들기 위해서는 왕이 따로 개인 금고를 만들어 국부를 낭비하는 행동을 그만두어야 한다. 또한 오랫동안 논란이 되어 온 내수사와 왕실 재정 낭비에 대해 의문을 제기했다. 국왕이 대신들의 직무 수행을 독려하여 일 처리의 효율성을 제고할 것을 건의한다. 그는 언론이 살아있어야 국왕이 정확히 상황을 이해할 수 있다고 했다. 우수한 정치 이론이었다.

사상가이며 실용주의 개혁가 박세당은 정부가 과도하게 징세하지 못하도록 막는 것을 개혁의 목표로 제시, 폐지되어야 할 폐단으로 족징*을 지적하였다. 또한 부역과 세금을 공평히 거둘 것. 백성들의 군역 부담과 행정의 혼란을 줄여야 한다고 주장했다.

- 전하께서는 중신을 종 부리듯이 하고 대각을 무지한 어린아이 다루듯 합니다. 듣기에 거북한 오만한 말을 경연의 신하에게 하시는데, 옛날의 무도한 임금도 이보다 더하지는 않았을 것입니다.

대저 역대 어느 왕이 잘못을 인정하는가. 신하의 지적을 수용하는가. 아니었다. 오히려 배척을 당한다. 박세당은 왕의 품격을 지적했다. 왕보다 측근 대신들의 아부가 더 문제였다. 유학자들이 그에게 공격을 가한다. 벼슬을 버리고 그는 석천행을 결심한다.

- 차라리 제가 떠나겠습니다.

그는 32세에 장원급제하여 늦게 관료계에 진출했다. 남구만의 누이 의령 남씨 부인이 사망하자 상심이 컸기 때문인가. 광주 정씨와 재혼한 이듬해 그는 석천동으로 들어간다. 관직 생활 8년 만에 일대 반전이었다. 그의 부친 박정이

---

* 족징(族徵): 세금을 부담해야 하는 자가 도망하거나 다른 이유로 인해 부담하지 못하게 되었을 때, 이를 친척들에게 부담하게끔 하는 제도

공신이 되면서 왕으로부터 하사받은 땅, 석천동에서 농사를 짓고 후학을 기르며 학문에 전념한다.

박세당의 차남 태보(1654~1689)가 24세에 문과에 장원급제했다.

– 네 형과 네가 늦지 않게 합격하니 위안거리가 된다. 방회*에는 자주 나가지 마라, 숙배**를 한다는데 들어가 무슨 말을 할 것이냐, 누구를 만나든 어디를 가든 '말을 아낄 것'과 '나서지 말 것' 부디 내 말을 명심하라.

박세당은 벼슬길에 들어선 두 아들에게 관료 생활에서 주의할 사항을 자상하게 일러준다. 장남 태유가 정승의 실명을 거론하여 비판했다.

– 정승 자리에 있는 자들이 소소한 이익까지 긁어내어 백성의 원성을 사고 있다.

장남 태유는 말을 아끼지 않고 나서므로 선천으로 유배를 간다. '대로를 침범한 죄'였다. 차남 태보는 어떠한가. 이천 현감을 지원하여 외지 근무의 소원이 이루어진다.

박세당은 차남 태보의 부임 일자를 기다린다. 기쁨과 슬

---

*   방회(**榜會**): 합격자들의 모임
** 숙배(**肅拜**): 왕이나 왕족에게 절하는 의식

픔이 교차한다. 유배 간 태유는 선천 부사와 어울려 산으로 바다로 유람을 다닌다. 태유의 유배는 경치를 즐기며 시를 짓는 시간이었다.

불행한 일이 닥친다. 박세당의 두 아들이 죽음을 맞이한다. 35세 장남 박태유가 유배지에서 화병으로 죽었다. 차남 박태보는 인현왕후 폐비를 반대하는 소두[*]로 나섰다가 왕의 친국을 받고 뼈가 으스러지고 살이 터져 죽음에 이른다.

박세당은 참척의 큰 시련을 견디며 석천동에서 사서, 경전을 새롭게 해석한 《사변록》^{**}을 지었다. 이 책이 세상에 나오자 성균관 유생 108명이 합동으로 상소를 올렸다.

- 박세당은 주자의 학설과 어긋남이 있고 이경석의 비문에 송시열의 욕을 써놓았습니다.

- 마음에 진흙 칠을 하여 세상에 아첨하고 스스로 어진 체하는 향원(鄕愿)^{***}으로 살고 싶지는 않다.

박세당이 우암 송시열을 비평했다. 누구든 정의롭지 않은 구석이 보이면 거침없이 질타했다. 박세당의 제자 이탄

---

* 소두(疏頭): 상소문에서 맨 먼저 이름을 적는 것
** 《사변록(思辨錄)》: 유학 경전 중 사서와 상서 시경을 주해한 책
*** 향원(鄕愿): 수령을 속이고 양민을 괴롭히던 촌락의 토호. 겉으로는 선량한 척하면서 환곡이나 공물을 중간에서 가로채는 따위의 일을 하였다.

이 성균관 유생들에게 반격한다.

- 진리(의리)는 정해진 게 없다. 학자가 그 의미를 풀기 위해 노력하고 탐구한 것에 대하여 경전을 훼손하고 성인을 업신여긴 것이라고 한다면 강론하고 토론하는 공부를 그만두어야 할 것이다.

박세당은 70세에 기로소에 들어간다. 잠시나마 편안을 누렸을까 말았을까. 1702년 그에게 위기가 닥친다. 그가 쓴 이경석의 비문 때문이다.

청나라는 병자호란 당시 조선의 인조가 청 황제에게 치욕적인 예를 올린 곳, 삼전도에 비석을 세우고자 했다. 예문관 제학 이경석이 비문을 썼다. 그는 비문을 쓴 후 "글공부를 한 것이 천추의 한"이라고 한탄하고 사망했다.

박세당은 '이경석 신도비명'에 노론의 수장 송시열을 '함부로 거짓말하고 멋대로 속이는 사람' 탐욕의 상징, 올빼미(梟)*에 비유했다. 이를 본 유생들이 상소를 올린다. 왕은 74세 박세당을 옥과(玉果)로 유배 보낸다.

박세당은 그해 1702년 8월 21일 세상을 떠난다. 남구만

---

* 올빼미: 올빼밋과의 새. 등과 배는 누런빛을 띤 갈색이고 세로무늬가 있다. 밤이 되면 활동을 하는 사람을 비유적으로 이르는 말

이 아산으로 네 번째 유배를 간 그즈음이었다. 박세당 사후 숙종은 박세당의 죄를 사면시켜 주었다. 소론이 정권을 잡은 1722년(경종 2)에 그에게 문절(文節)이라는 시호를 내렸다. 주자 교조화에 빠진 노론과 맞선 소론 박세당의 올곧은 성품은 후대에 인정을 받았다.

　남구만이 남해 유배지에서 해배되었을 때 박세당은 제일 먼저 달려왔다. 자형(姊兄)인 박세당은 피를 나눈 형제와도 같았다. 대쪽 같은 성품으로 벼슬살이는 패배했으나 학문이 깊고 사리 판단이 엄정했다. 박세당은 남구만에게 늘 든든하고 안도할 수 있는 정치적 동지이며 최상의 우군이었다.

척화(斥和)파 삼학사

　추담 오달제는 척화파*로 남구만의 고모부다. 19세에 사마시에 합격하고 26세에 문과에 장원급제한다. 성균관 전적을 시작으로 병조좌랑, 시강원 사서, 사간원 정언, 사헌부 지평, 홍문관 수찬을 거쳤다. 조선 중기의 대표적인 묵매(墨

---

*　척화(斥和) : 화친하자는 제의를 물리치는 것

梅) 화가로 강직하고 청렴한 기상을 타고났다.

- 서둘러 화의를 강행하면 안 됩니다. 죽음을 불사하고 응전해야 합니다.

1636년 병자호란이 일어나자 오달제는 청과의 화의를 끝까지 반대했다. 오달제 외에 홍익환은 평안도 평양 서윤이었고, 윤집은 홍문관 교리였다. 이들을 척화삼학사 또는 삼학사라고도 부른다.

이들 세 사람은 병자호란 초부터 끝까지 척화주전론 소신을 굽히지 않았다. 인조가 삼전도에서 청 태종에게 항복한 후 이들은 조선의 인질과 함께 끌려가 심양에서 피살되었다.

1639년 청 태종이 청나라 중건 3주년을 기념하여 조선인 세 학사의 높은 절개를 기리기 위해 선양에 사당과 비석을 건립, 비석에 '삼한산두(三韓山斗)'라는 휘호를 내렸다.

남한산성에는 삼학사를 모신 현절사가 있다. 매년 삼학사를 기리는 제례를 올린다. 송시열은 1671년에 지은 《삼학사전》을 통해 삼학사의 업적을 기렸다.

원칙을 고수하는 오달제의 사림 정치의식이 처조카 남구만에게 지대한 영향을 끼쳤다고 볼 수 있다.

박세채

박세채는 조선 중기에, 예조참판, 자헌대부, 예조판서 등을 역임한 문신, 신흠(申欽)의 외손자다. 박세당과 같은 반남 박씨 가문이다. 홍문관 교리를 지낸 아버지 박의는 김장생에게 학문을 익혔다. 박세채도 이이의 《격몽요결》로 학문을 시작했다.

박세채는 김상헌과 김집 문하에서 성리학을 수학, 송시열, 송준길 등과도 학문적으로 교유했다. 현종 초 예송 때는 송시열의 기년설을 지지했고 경신환국으로 서인이 집권하자 본격적으로 정치에 나섰다.

왕은 박세채를 우찬성으로 지명한다. 서인이 노론과 소론으로 갈라질 무렵 그는 남구만과 함께 소론의 영수로 물망에 올랐다. 학문적으로도 뛰어났다.

남구만과 박세채 이 두 사람은 정치에서나 학문적으로도 쌍벽을 이루었다. 박세채는 남구만처럼 중도를 지키려 했고 포용력이 있었다. 소론으로서 노론과 소론을 중재하려고 노력했다.

특히 박세채는 당쟁 해결을 위해 '황극탕평론'을 정립한다. 황극탕평이란 사서삼경 중 《서경》에 나오는 말이다. 기자가

주나라 무왕에게 진정했다고 하는《홍범구주》*에 나온다.

'황극'이란 황건기유극의 준말로 황제 혹은 군주가 지극한 표준을 세운다는 뜻이다. 군주가 이편저편에 휘둘리지 않고 중심을 잡으면 당쟁은 사라질 수도 있다는 논리였다. 탕평은 《홍범구주》의 '무편무당 왕도탕탕 무당무편 왕도평평' 즉 편과 당을 짓지 않으면 왕도가 크게 이뤄진다는 뜻이다.

붕당은 국가와 백성 모두에게 막대한 피해를 입혔다. 노론은 당파 중심의 주희(주자)식 붕당론을 신봉했다. 왕권 강화의 의지가 강한 숙종은 인품과 학문, 중도적 성향을 갖춘 소론 박세채를 신임했다.

1694년 갑술환국 때 숙종은 박세채를 좌의정에, 윤지완은 우의정에 제수하여 영의정 남구만과 함께 소론 3정승 체제를 완성한다. 이건창은 《당의통략》**에서 윤지완이 우의정이 되어 무릇 의견을 올릴 때 "남구만과 함께하였다."고 적었다.

박세채는 왕에게 "종친을 다른 종친들과 동일하게 대우하라."고 소를 올렸다가 삭탈관작 당한바 있다. 20차례 사

---

* 《홍범구주(洪範九疇)》: 중국 하(夏)나라 우임금이 정한 정치 이념, 즉 9개 조항의 큰 법
** 《당의통략(黨議通略)》: 조선 고종 때 이건창이 쓴 조선왕조의 당쟁사

직하려는 소를 올린다. 두 달이 지나서야 왕의 명을 받아들인다. 그는 6월 4일 〈사본차〉로 불리는 4통의 약식으로 차자를 올렸다.

첫째는 '임금이 신하들의 의견을 잘 듣고 받아들이는, 이른바 청납을 넓히는 것'이다. 숙종이 지난날의 일을 징표 삼아 앞으로 신중하기를 바란 것이었다.

둘째는 '국체를 높이는 것'이다. '희로의 폭발'이라고 부를 만큼 변덕스럽고 다혈질인 숙종이 자신의 감정을 잘 다스릴 것을 요청했다.

셋째는 '민심을 따르라는 것'으로, 어떤 일이든 민심이 천심이니 백성들의 마음을 헤아리라는 충고였다.

넷째는 '붕당을 소멸시키는 것'으로, 사람의 쓰고 버림과 진퇴를 당색으로 하지 말고, 개개인의 자질과 현명함, 능력을 중시할 것 등이었다.

임금이 반드시 고치고 지켜야 할 〈사본차〉 상소문에서 보듯, 박세채는 남구만에게 선의의 경쟁자이면서 진정한 우군이었다. 박세채의 학문의 깊이와 포용력은 남구만의 한쪽 날개였다.

남이성

　남구만의 숙부다. 32세에 사마시에 합격하여 내시 교관으로 벼슬길에 나서 예조판서를 지냈다. 남이성은 조카 남구만에게 항상 처신을 잘하도록 지도하고 혹 잘못하는 경우에는 준엄하게 대했다.

　남이성은 유배에서 풀려나 결성에 머물고 있는 남구만의 새로 지은 초가집을 찾아왔다. 그는 남구만을 꾸짖었다.

　- 너희 집이 비록 작다고 하나, 내가 보니 나무를 깎은 것이 정밀하고 흙을 바르고 칠한 것이 치밀하구나. 지금이 어찌 네가 거처할 집에 마음을 쓸 시기이겠느냐.

　남구만이 청주 목사 시절 그의 하소연을 들어줄 사람은 숙부밖에 없었다. 부임하고 나서 바로 숙부 남이성에게 백성들의 참상을 하소연했다. 조정에서 탁상공론만 하는 관리들에게 실망하는 심정도 솔직하게 피력했다.

　- 장차 청주 고을의 폐해와 백성들의 근심을 어떻게 풀어줄지, 조정에 있으면 벼슬할 뜻이 없고, 밖에 있으면 근심이 많습니다. 저도 몸을 편안히 할 수 없는데 하물며 구렁텅이에 빠진 백성들의 사정이야 어찌 말로 다 할 수 있겠습니

까. 이곳은 비가 내리지 않아서 먼지와 마른풀만 보일 뿐입니다. 보리와 밀이 다 말라 죽어 장차 6, 7월에는 살아남는 백성이 없을 것입니다.

- 조카님의 서한을 받고 나 역시 무엇을 어떻게 도와야 할지 걱정이 크다네. 내가 나서본들 신통한 방법이 있을 리 없으니, 어서 상감께 아뢰어 대여곡이라도 변통하는 방법을 강구하기를 바라네.

남이성은 조카 남구만이 두뇌가 명석하고 심성이 자비로우니 점차적으로 굶주린 백성들을 잘 구제하기를 바랐다. 청주 지역뿐 아니라 전국 8도가 흉년이 들었으니 다른 곳에서 곡식을 꾸어올 방법도 전무한 형편이 아닌가.

남구만은 숙부 남이성에게 자신의 답답한 심정을 토로하는 것만으로도 마음이 든든했다. 남이성은 수시로 남구만을 격려하고 용기를 북돋아 주었다. 남구만에게 전폭적인 힘을 실어주던 남이성은 1683년(숙종 9) 58세로 세상을 떠났다. 남이성은 조정에서 국사를 의논할 때는 항상 관대하고 공평했다. 시비와 사정을 변론하는데 당당하고 항심이 있었다.

임금님의 왕심

1694년(숙종 20) 4월 숙종이 박세채를 좌의정에 임명했을 때 박세채는 두 달 가까이 입궐을 미뤘다. 무려 20차례 사직 소를 올린 끝에 왕의 명을 받아들였다. 박세채는 〈사본차〉로 불리는 4통의 약식 차자를 올린 바 있다. 이에 숙종은 반성하는 교서를 반포한다. 당쟁 원인과 폐해에 대해 왕으로서 견해를 밝힌다.

- 청남과 탁남, 노론과 소론에 편당하는 것을 그만두게 하지 않았으니, 이는 진실로 허물이 나에게 있는 것이다. 대저 임금의 명령을 거행하는 것보다 큰일은 없는데, 사당에 관계되면 임금의 명령도, 관정도 거행하지 않는 경우가 있다. 붕당에 관계되면 출척*에 공정하지 못한 경우가 있다. 일에 대한 의논에도 옳고 그름보다 간절한 것은 없다. 사당에 관계되면 가부를 올바르게 하지 않는 경우가 있다.

왕의 말씀은 스스로 잘못을 자인하는 것인가. 혹은 변론하는 것인가. 붕당에게 당쟁의 원인과 폐해를 돌리려는 것인가, 길게 이어지는 왕의 교서에 애매모호한 점이 있다.

---

* 　출척(黜陟): 못된 사람 내쫓고 착한 사람을 쓴다.

- 군부를 저버릴지언정 차마 그 붕당을 저버리지 않으니, 어떻게 국가의 급한 업무를 먼저 하고 사사로운 원수를 뒤로 돌리겠는가? 국사의 계획과 민중의 근심거리는 서로 잊고 있으니, 한때 함께 벼슬하면서도 정의가 통하지 못하고 마치 연월*처럼 지내, 충성하고 공경하며 반성하는 도리는 없고 매양 원망과 한탄으로 불안한 마음만을 가지고 있다.

왕의 교서에 개탄만 있지 방책은 보이지 않는다. 긴 사설은 대체 무엇을 말하려는 것인가.

- 대소와 신구가 갈수록 서로 사모하며 본받기만 하여, 공정함을 배반하고 사사로움만 따르는 것이 많다. 그 폐해는 장차 나라가 멸망하게 되어도 구원할 수 없을 것이다.

왕이 모든 사단을 당쟁으로 몰아가고 있지 않은가. 왕 자신의 잘못은 거론조차 하지 않는다.

- 아! 심한 일이로다. 지나간 해에 내가 일찍이 시 한 수를 가지고 조정 신하들을 깨우친 적이 있었다. 이로 인해 마음을 고치고 풍습을 바꾼 사람은 없다. 어찌 조정 신하들만의 잘못이겠느냐? 내가 희로에 있어서 잘못하고, 시비에 어

---

* 연월(燕越): 연(燕)나라는 중국의 북방에 있는 나라이고, 월(越)나라는 중국의 남방에 있는 나라이니, 아주 거리가 먼 사이를 일컫는 말

두워 진퇴와 출척을 모두 합당하게 하지 못했다. 성의가 뭇 아랫사람들에게 미덥지 못하고 교화하는 도리가 사람들의 마음에 흡족하지 못한 소치다.

희로와 시비에 밝지 못한 왕이 스스로 문책하는가. "군주가 지극한 표준을 세우면 당쟁은 줄어들고 사라질 수도 있다."고 하는 바, 왕은 박세채의 '황극탕평론'을 어떻게 해석하고 있는지 안갯속이다. 박세채는 숙종의 다혈질 '희로의 폭발'을 들어 왕의 인간적 성숙을 요구했지 않은가.

숙종은 즉위 초부터 1693년(숙종 19)까지 서인과 남인이 번갈아 집권하도록 획책했다. 1694년 갑술환국으로 남인은 재기 불능 정권으로 전락한다.

소론 남구만은 중도 중립의 위치를 지키며 자신의 본분에 충실했다. 남인 세력에 대해서도 별다른 의견을 표출하지 않았다. 숙부 남이성과 자형 박세당, 고모부 오달제의 영향을 많이 받은 남구만은 소신껏 할 일만 해나갔다. 탕평은 왕의 몫이 더욱 컸다.

왕의 인재를 알아보는 안목은 역대 왕 누구보다도 탁월했던가. 마침내 대심 왕심은 남구만을 전폭적으로 신뢰했고, 다시 영의정에 제수된다. 숙종에게 명재상 남구만이 있어 왕을 왕답게, 또한 남구만 위에 임금님이 계셔 신하를 신하답게 함으로써 환국의 귀재(鬼才) 숙종은 장기 집권을 하면서 필연적으로 또는 숙명적으로 남구만에게 우군일 수밖에 없었다.

다산 정약용

남구만 사후였다. 정약용은 1790년(정조 14)에 충청도 해미현으로 유배 간다. 유배 6일 만에 해배된다. 그 6일 중에 남구만의 영당에 가서 사당기를 썼다. 그는 집안의 외척이기도 한 남구만에 대하여 일찍부터 사모하는 마음을 가졌다고 술회한다.

- 국정을 담당한 사람들은 대부분 편파적이다. 사람들의 마음을 신복시키지 못한다. 남구만은 편파적이지 않고 죄를 지은 자에게 마음을 복종시킨다. 의견을 조정하고 균형을 잘 유지하여 공정함을 잃지 않았다. 지극히 어려운 시기에 깨끗한 절개와 완전한 이름을 보존하고 생을 마쳤으니 세상에 보기 드문 위대한 인물이다.

다산은 남구만에게 극찬을 아끼지 않았다. 조선 후기 최고의 문신이며 실학자, 저술가, 철학자인 다산 정약용 역시 남구만의 소중한 우군일 터이다.

서포 김만중

김만중이 노도 섬에서 유배 살며 노쇠와 죽음을 불사하고 〈선비정경부인행장〉 저작에 열중할 때였다. 당시 학질을 앓으며 결성에서 지내던 남구만을 통해서 한양의 소식이 틈틈이 전해졌다. 심신이 피폐한 김만중은 사력을 다해 오직 집필에 치중했다. 정치 일선에서 떠나온 몸, 병이 깊어 죽음이 점점 다가오는데 집필 외에 더 무슨 의욕을 가질 수도, 그런저런 소문에 의견을 토로할 입장도 아니었다. 만중은 소론 남구만의 합리적이고 실용적인 치세를 신뢰했고, 박세채의 중도와 황극탕평론에 대해 깊이 공감했다.

만중 역시 군주가 지극한 표준을 세워 중심을 바로 잡으면 당쟁은 영구히 사라질 수도 있다고 전망했다. 왕은 황극을 모르는가. 왜 탕평책을 쓰지 않는가. 김만중은 가문의 내력으로 남구만과 비록 노론과 소론으로 갈라지긴 했으나 어린 시절 함께 공부한 약천에게 아무런 피해가 없기를 바랄 뿐이었다. 서포 또한 남구만의 동지이며 변함없는 우군이었다.

제10부

남구만의 국방정책 - 고토 회복 & 민생 안정

- 두만강 이내의 땅은 본래 우리의 땅입니다. 오랑캐가 이주한 지 50~60년이 지났습니다. 옛날 이곳이 오랑캐가 살던 곳이라 감히 수습을 하지 못했습니다. 빈 땅으로 버려져 있는 지금, 우리 땅으로 회복할 수 있는 절호의 기회입니다. 이곳을 굳게 지켜서 변방을 견고히 해야 합니다. 오랑캐들도 우리나라 국경이 이미 강물로 한계로 삼고 있음을 알고 있습니다. 서북 지방에 실질적인 방어책을 세우고 국경을 정해야 합니다.

남구만의 적확한 역사관과 투철한 애국심, 백성의 삶을

배려하는 마음에서 출발한 서북 지방의 방어책이다. 조정에서는 예로부터 북변 지역을 방치했다. 남구만은 고토 회복의 일환으로 압록강과 두만강으로 이어지는 북방 강화를 중시했다.

그는 혹독한 겨울 추위에도 굴하지 않고 임지에 도착하자 곧바로 북변의 각 읍을 순찰한다. 먼저 민정부터 두루 살핀다. 군역의 개선책을 왕에게 상소를 올려 조정의 후원을 얻는다. 백두산 바로 아래 있는 무산부와 자성을 다시 신설한다.

- 갑산과 삼수 두 고을은 들어가는 길이 함흥, 북청, 단천 세 곳뿐입니다. 함흥 길은 삼수군에서 9일 걸리고, 북청은 갑산에서 4일 노정입니다. 단천길은 가파른 고개와 깎아지른 듯한 골짜기에 잔도*로 이어져 지극히 험한 곳입니다. 추위가 육진보다도 심해서 오곡이 자라지 못합니다. 거주하는 백성에게 위급한 상황이 닥쳐도 어물과 소금 피복을 다른 곳에서 지원받을 수가 없습니다.

남구만의 상소는 직접 현장을 답사했으므로 강추위와 오

---

* 잔도(棧道): 험한 산(山)의 낭떠러지와 낭떠러지 사이에 다리를 놓듯이 하여 낸 길

랑캐, 첩첩 산과 험한 길의 설명이 상세하고 정확했다. 그 지역 백성들의 피폐한 삶에 대한 심각한 사연으로 이어진다.

- 여기는 본래 우리의 국경이었습니다. 빽빽한 수목을 베어 사람과 말이 통행할 수 있게 한다면 삼수와 갑산은 어물과 소금을 운반해 사용할 수 있고, 위급한 일이 벌어지더라도 응원을 받을 수 있게 됩니다.

남구만은 백성들이 생필품을 쉽게 조달할 수 있도록 도로를 개통하고 폐지했던 사군을 복설하라고 임금에게 요청한다. 숙종 말년에 재가를 얻는다. 압록강 연안이 본격적으로 개발되기 시작한다. 남구만의 혁혁한 공적이었다.

- 삼수군에서 압록강을 따라 서쪽으로 70리를 가면 후주의 옛땅이 있습니다. 이 지역은 강의 남쪽에 있으니 본래 우리 땅입니다. 들이 광활하고 토지가 비옥하여 험준하고 척박한 삼수와 갑산과는 다릅니다. 지형이 낮고 기후가 따뜻해서 삼수와 갑산처럼 춥지 않습니다. 서리가 아주 늦게 내려서 오곡이 잘 되니 사람들이 살만한 좋은 땅입니다.

남구만은 후주의 옛 땅을 찾아내어 우리 것으로 확정하기를 바란다. 고토를 되찾아야 한다는 집념으로 임금에게 계속 소를 올린다.

- 건주의 오랑캐들이 강성해 천하를 차지한 다음 후주의

오랑캐들도 모두 쫓겨갔습니다. 50년 동안 위급한 경보를 듣지 못했으니 이는 천행입니다. 혹 조만간에 다시 와서 점거하는 자가 있어 오만령을 넘어 곧바로 별해로 들어온다면 묘파 이북에 설치한 10여 개의 보와 삼수갑산이 적의 배후에 놓이게 됩니다. 별해에서 함흥까지는 비록 300여 리지만 거주하는 백성이 적어 무인지경이나 다름없어 방어가 어렵습니다. 만약 적들이 곧바로 함흥으로 진출한다면 홍원 이북에서 육진까지는 장차 모두 우리의 소유가 되지 못할 것입니다.

남구만은 후주의 옛 땅에 다시 군읍을 설치할 것을 탄원하고 있다. 군읍을 설치하면 함흥에도 튼튼한 울타리가 되어 방비가 튼튼해지고, 삼수갑산이 서로 의지가 되니 외롭지 않을 것이라고 강변한다.

조선의 북방영토는 본래 고구려의 영토였다. 고려 이후 버려졌다가 조선이 4군 6진을 설치하면서 조선의 영토로 편입되어 명백한 조선의 영토라고 지명했다. 또 남구만은 이성계의 선조인 목조와 익조의 땅이었던 두만강 이북 지역에 대해서도 한반도와 깊은 관계가 있다고 밝혔다.

그의 국방정책의 첫째는 고토 회복, 즉 남의 땅이 아닌

우리의 버려진 옛 땅을 다시 거두어 지키려는 것, 둘째는 길을 새로 뚫어 백성들의 삶을 편리하게 하려는 민생 안정에 목적을 두었다. 변방에 재직하면서 터득한 남구만의 국방 정책은 감정적인 보복 차원의 무력북벌론과는 그 류가 다르다. 무엇보다 고토를 회복하고 민생을 안정시키는 게 최우선이었다.

유비무환

조선은 대륙과 해양을 잇는 가교에 해당한다. 그래서일까. 조선 건국이래 아니 삼국시대 그 이전에도 여러 차례 외침을 받은 바 있다. 남구만은 왜란, 호란 등 전란이 언제 또 닥칠지 모르니 사전에 미리 대비해야 한다고 강조한다.

그의 시각은 광범위하면서 예리하고 나라 안과 밖의 영토 문제를 명확하게 진단했다. 유학자들과 강단 사학자들이 중국 사료를 그대로 받아들인, 기존의 이론을 뛰어넘었다.

세부 항목으로는 서북 지역의 험지를 정비하여 생필품을 운반할 수 있게 길을 뚫는 것, 그 지역에 사는 백성들의 삶을 안정시켜 난세에 조속히 방어하기 위한 것. 즉 미리 철저한 대비를 해두면 걱정이 없게 된다는 유비무환이다.

유비무환은 중국의 고전인 《서경》과 《춘추좌씨전》에 나온다. 《춘추좌씨전》에 보면 정나라가 송나라를 침략했다. 당시 송나라의 도공이 사마위강의 지휘 아래 연합군을 편성하여 위기를 극복한다. 이때 '유비무환'이라는 말이 등장한다. 미리 예측하여 사전에 준비를 함으로써 위기가 닥칠 때 신속하게 대처할 수 있다는 것이다. 또한 미리 대비하는 데 있어서 나라 밖으로 소문이 흘러 나가지 않게 은밀하고 실속있게 방비를 하자는 것이다. 김○점은 독자적으로 청나라에 건너가서 효종이 청나라를 처러 올 것이라고 고발하지 않았던가.

유비무환은 제대로 된 대책도 없이 요동의 실지를 회복하자거나 청에게 복수를 하자는 감정적인 무력 동원이 아니다. 무엇보다도 낙후된 서북 지역 백성들의 삶을 안정시킴으로써 위기가 닥칠 때 즉각 대적할 수 있도록 국방을 튼튼히 대비하자는 자주국방론이다.

이무용위유용

　이무용위유용(移無用爲有用)은 무용한 제도나 정책 등을 폐기하고 개선하여 실제적인 효과를 내는 방법이다.

　- 조선의 국방이 심각하게 약해진 것은 연이은 전란의 폐해를 회복하지 못하고, 외침을 당해 신역과 징포 제도를 강행한 때문입니다. 병역 제도와 방위세 제도를 강행한 결과 국력이 고갈되어 국방이 열악해졌습니다. 또 해적 떼를 방어한다고 산성을 쌓고 그 속에 숨어 해적이 물러나기만 바랐으니. 비정상적인 신역과 징포 제도부터 혁신해야 합니다.

1682년(숙종 8) 8월 남구만은 선혜청* 당상이 되어 함경도를 구제할 계책을 세워 왕께 아뢰었다. 구체적인 방법론을 낱낱이 제시한다. 우선 백성들의 먹고사는 문제가 시급했다. 백성들의 배를 채워야 그 후에 국방도 나라도 건재한다고 역설했다.

　- 이곳의 전세는 부족한 식량을 보충하려고 환곡으로 꾸어주고 있습니다. 백성들은 점점 감당할 수 없게 됩니다. 감당할 수 없게 되어서야 탕감을 해주는 일이 반복됩니다. 남북 두 병영의 지출을 고려하여 각 고을의 전세를 삭감해 주고 부족하지 않게 해준 후, 군사들에게 거두던 신역과 징포 모든 항목을 혁파해야 합니다. 이는 무용한 것을 버리고 유용한 것으로 바꾸는 것입니다.

　남구만은 단호하다. 왕이 답했다.

　- 15세에 군역을 정하면 장년이 얼마나 될 것이며 60세에 면제하면 남은 해가 얼마나 될 것인가?

　왕은 백성의 국역을 60세에 면제시키려는 의도였다고 말하는가. 남구만이 자세하게 의견을 피력한다.

　- 백성들이 한가로운 여가가 있어야 삶의 즐거움을 알

---

*　선혜청(宣惠廳): 조선 시대 대동미, 대동목(大同木) 출납을 맡아보던 관청

수 있습니다. 15세부터 60세까지는 군역을 지는 기간입니다. 15세 이전과 60세 이후는 스스로 즐거워할 수 있는 때가 아닙니다. 지금은 국역에 나가지 않는 한정을 찾기 어려워 백골징포에 어린아이까지 충원하기에 이르렀으니 이는 또한 간사한 백성들이 군역을 회피하기 때문입니다.

남구만은 "15세 이전과 60세 이후는 삶을 즐길 수 있는 시기가 아니다."라고 분명하게 답한다.

- 아! 어린아이를 첨군*하는 것이 실로 100년이나 된 고질이 되었습니다. 군주는 결단코 백성이 이 지경이 되도록 방치해서는 안 됩니다. 원통한 기운이 하늘로 올라가 맺혀 홍수와 가뭄과 기근이 반드시 이로 인해 일어난 것은 아니라고는 하지 못할 것입니다. 군주는 백성의 부모입니다. 군주가 만백성에게 공양을 받으면서 백성의 고통을 풀어주지 못한다면, 백성의 마음을 어떻게 얻을 수 있겠습니까? 백성의 삶을 안정시키지 않고 국방을 공고히 하여 나라의 명맥을 유지하기는 어려울 것입니다.

백성의 주된 고통은 신역이었다. 여덟 번 서는 것을 네 번으로 줄여도 무방하다. 또 비축된 면포를 활용하면 포보

---

* 첨군(添軍): 군에 첨가시키다.

값으로 받는 군포와 각 사노비의 신공(身貢)도 반으로 줄일 수 있다고 단언한다. 남구만은 조세를 많이 거둔다고 나라가 편안해지는 게 아니다. 조세가 부족해서 생긴 문제가 아니라 조세를 효율적으로 운용하지 못해서 생긴 문제라고 말한다. 이것은 남구만의 자형 박세당이 응구언소(應求言疏)에서 밝힌 내용과 맥을 같이하는 내용이었다.

그는 국방 강화를 위해서 효용 가치가 없는 기존의 무용한 제도를 개선하여 군민들에게 혜택이 공평하게 돌아가게 해야 한다고 역설했다.

왕은 명령만 하달할 뿐, 중요 정책은 대부분 신하인 남구만에게서 나왔다.

입현무방

'입현무방'*은 신분이나 거소 출신지를 차별하지 않는 공평하고 균등한 인재 등용이다. 남구만은 인재 등용 문제를 국방론과 연계시켰다. 특히 전국 8도 중에서 서북지역, 함경도 사람들을 차별하지 말고 적극 등용시켜야 한다고 건의했다.

- 함경도에는 도내에 경명행수**에 응할만한 자가 없다

---

* 입현무방(立賢無方): 인재를 등용할 때 친소나 귀천을 따지지 않는다.
** 경명행수(經明行修): 경서에 밝고 행실이 바르다.

고 여겨 끝끝내 천거하지 않았습니다. 북방인들은 아직 인문에 밝지 못해서, 천거 조목에 부합하는 자를 찾으려 한다면 인재를 얻기 어려울 것입니다.

남구만은 〈진북로사정소(進北路事情疏)〉*에서 "옛 성왕은 어진 이를 등용할 때 그 출신지를 따지지 않았다, 멀고 가까운 지역을 차별한 적이 없었다."고 차별의 부당함을 지적했다.

조선은 함경도 사람들을 등용해도 문신은 겨우 낭관, 무신은 수문장에 그쳤다. 6품으로 승진해도 도로 함경도의 변장으로 제수할 뿐이었다. 취재**가 많은 편도 아니었다.

– 이 사람들을 천시하고 위협하고 채찍질하며 이들을 마음대로 부려 먹으면서, 이들이 목숨을 바쳐 변방을 호위하기를 바란다면 이는 요원한 일입니다. 이들은 외침이 있으면 제일 먼저 싸워야 하는 사람들입니다. 이들을 박대하고 억압하면서 충성을 바랄 수는 없습니다. 임진왜란 때는 벌떼처럼 의병이 일어났지만 병자호란 때는 남한산성에 있는 군사들이 싸우지 않겠다고 시위까지 하지 않았습니까? 군민은 국가에 충성을 다 바쳤지만 국가는 군민에게 정성을

---

* 〈진북로사정소(進北路事情疏)〉: 남구만이 함경도 관찰사 시절에 올린 북방정책에 대한 내용. 〈진북변삼사잉진지도소(陳北邊三事仍進地圖疏)〉 5권에 실렸다.
** 취재(取才): 기술관이나 하급 행정관리, 군인 등을 뽑는 시험제도

다하지 않았기 때문입니다.

　남구만은 간곡하다. 진심이 넘친다. 사람이 살기 어려운 지역 함경도 사람들에게도 공평하고 동등한 기회를 주면 조선인이라는 동질감을 느끼고 나라에 충성할 것이다. 이 지역에 대한 취재는 보여주기식 일회성 행사로 끝나곤 했다고 실토한다.

　- 신이 서도와 북관의 인재를 수습해야 한다고 우러러 삼가 천청*께 아뢴 것이 무릇 아마도 수십 번은 될 것입니다. 신이 어찌 마음속으로 사사로이 좋아하거나 일신으로 사사로운 이익이 있어서 그렇게 했겠습니까. 단지 국가에 훗날 사변이 생긴다면 이곳이 제일 먼저 적을 맞이하는 곳이어서 이 지방 사람들의 마음을 본조**에 매어두기 위해서입니다.

　남구만이 치열할 정도로 이 지역의 인재를 입현무방 원리에 맞게 공정하게 등용시켜야 하는 이유를 반복해서 설명한다. 전에도 서북 지역의 인재 등용에 대해서 수십 번이

---

*　　천청(天聽): 임금의 귀. 또는 그 귀에 어떤 말이 들어가는 것
**　본조(本朝): 조선 시대 김종서, 성삼문, 이순신 등 41명이 쓴 작품 203수를 수록하고 있다. 현존하는 왕조를 이른다. 아조(我朝), 즉 자기 나라의 조정을 이르는 말

나 요청했다. 유사시에 이들이 제일 먼저 적을 맞이하기 때문이라고 거듭 강변했다.

- 풍패지향*으로 소중히 여겨야 할 지역입니다.

남구만은 함경도와 평안도의 북쪽 지방을 풍패지향으로 소중히 할 지역이라고 피력했다. 적재적소에 인재를 공정하게 등용하여 서북 지역의 백성들이 편안하게 살 수 있도록 하려는 계획이었다.

남구만의 국방론은 큰 틀에서 보면 고토 회복과 민생 안정에 대한 탁월한 역사의식의 발로이자 실천이었다. 민생 안정으로 백성을 안도하게 하여 국방을 강화해 나가는 계기를 마련하는 방책이었다. 세부적으로는 첫째 미리 대비해서 스스로 강해지자는 유비무환, 두 번째는 무용한 제도나 정책은 폐기하고 개선해서 효과를 거두자는 이무용위유용, 세 번째는 인재 등용 제도를 공정하게 실행하자는 입헌무방의 합리적이고 현실적인 전략이었다.

국방을 강화하기 위해서는 백성의 삶이 안정되어야, 일

---

* 풍패지향(豊沛之鄕): 중국 한나라를 세운 유방의 고향 풍패에서 따온 이름. 제왕의 고향

정한 수의 군대를 모집하여 훈련도 할 수 있고 보급품도 확보할 수 있다는 취지였다.

남구만은 함경도 관찰사 시절 부령에 이르러 그곳의 정경을 시로 읊었다. 그의 속내를 시 한 편으로 대변하는 듯하다.

젊었을 때 북방을 걱정하여 옥당에서 상소를 올렸었지
지금 부임해 흉년 만났으니 굶어 죽어가는 백성 참혹하구나
목숨 구하기도 넉넉지 않은데 하물며 국경을 근심할까나
봄철 임금님 뜻 멀리 전하려 궁벽한 고을에 풍속을 묻네
어려운 이부터 우선 살리고 봄철에야 농사 권장했다네
다만 숙심*저버릴까 두려워하노라

---

* 숙심(夙心): 오랫동안 마음에 품어온 뜻

어부 안용복의 애국심

안용복(安龍福)은 부산 동래부에서 태어났다. 청년이 되자 수군으로 들어가 능로군으로 복무한다. 직책상 부산의 왜관에 자주 출입하므로 자연스럽게 일본어를 구사할 줄 알았다.

1693년(숙종 19) 3월 안용복은 어부 40여 명과 함께 울릉도에서 고기를 잡았다. 그때 불법으로 어로 작업을 하는 일본 어민을 만난다. 그들의 위법을 추궁하다가 시비가 벌어진다.

- 여기는 우리나라 영역이다. 당장 나가라!

- 고기한테 거소가 정해졌는가 물어봐라. 너희들이 비켜라.

옥신각신 바다 위에서 몸싸움이 벌어진다.

결국 박어둔(朴於屯)과 함께 일본으로 붙잡혀 간다. 강제 입국이었다. 안용복은 호키주(시마네현) 태수와 에도(江戶) 막부(幕府)를 상대로 논쟁이 벌어진다.

- 울릉도는 예부터 조선의 영토입니다. 대마도주가 조선과 일본 양국 사이에서 농간을 부리고 있습니다. 일본인 어부가 조선의 울릉도에 와서 고기를 잡았습니다. 이는 불법입니다.

안용복은 강력하고 분명하게 그들의 불법 어로 작업을 항의했다. 일본의 막부가 안용복에게 울릉도가 조선 영토임을 확인하는 서계(書契)*를 작성해 주었다. 용복은 돌아오는 도중 애써 얻은 서계를 대마도주에게 빼앗긴다.

조정은 조선에 돌아온 안용복에게 곤장형을 명한다. 국가의 허가 없이 월경했다는 이유였다. 그사이 대마도는 안용복에게서 빼앗은 막부의 서계를 위조한다. 대마도주가 울릉도를 차지할 속셈이었다.

조선은 갑술환국이 일어나 소론 정권이 들어섰다. 대일

---

* 서계(書契): 조선 시대에 우리 정부와 일본 사이에 왕래하던 문서

강경책으로 전환된다. 공도(空島)로 방치하던 울릉도에 삼척 첨사를 파견해 조사하게 한다. 정기적으로 관리하기 시작했다. 조선 조정은 때에 맞게 울릉도와 독도가 조선의 영토이며, 일본이 조선의 영토를 무단 침범했음을 논책하는 예조의 서계를 대마도에 전달한다.

대마도주는 조선으로부터 서계를 받고서 울릉도와 독도의 영유권과 어업권에 대한 처리를 계속 미루었다. 안용복은 2차로 일본에 건너간다. 이번에는 자발적 출국이었다.

- 울릉도와 독도는 조선의 영토입니다. 조선의 영유권과 어업권을 침해하는 것은 국제법에 어긋납니다.

안용복은 당당하다. 일본 당국과 담판한다. 마침내 조선의 영토임을 승인받는다. 조선으로 돌아왔다. 조정에서는 안용복을 중형으로 다스리자고 주장했다.

- 안용복을 중죄로 다스려야 합니다.

- 외교적 분쟁을 일으키고 공문서를 위조하는 중죄를 범했습니다.

- 사형시켜야 마땅합니다.

안용복이 국가의 허락을 받지 않고 일본에 건너간 것. 두 차례나 일본에 건너가 관리를 사칭하고 양국 간에 영토분쟁을 일으켰다고 문책했다. 지사 신여철이 사형에 반대한다.

– 안용복은 나라에서도 할 수 없는 큰일을 했으므로 공로와 과오가 맞먹는다고 할 만합니다. 사형으로 논단할 수는 없습니다.

윤지선은 안용복의 처형을 강력하게 주장한다.

– 용복을 죽이지 않는다면 장차 나라에 문제를 일으키는 자들이 많을 것입니다. 그를 죽여야 후환이 없게 됩니다. 어떻게 죽이지 않을 수 있겠습니까.

남구만이 나선다. 안용복의 애국 활동을 설명한다.

– 1696년(숙종 22) 3월 안용복은 울릉도와 우산도(于山島)에 출몰하는 왜인을 발견합니다. 안용복은 '조선팔도지도'와 복장을 갖추고, 10여 명의 조선 어민과 함께 울릉도에 가서 어로 중이던 일본 어민을 송도(松島, 독도)까지 추격해 문책했습니다. 그는 또 울릉우산양도감세관(鬱陵于山兩島監稅官)이라 자칭하며 호키주로 갑니다. 일본 어민이 무단으로 월경하여 어로 작업을 한 것에 대한 사과를 받아냅니다, 막부에 대마도주의 죄상을 고발하는 문서를 전달하게 했습니다. 대마도는 뒤늦게 사태를 파악합니다. 본 사안을 처리한 후 안용복 일행을 표착민으로 취급해 조선으로 송환했습니다.

1698년(숙종 24)에 조선 정부는 일본 막부로부터 조선의 울릉도와 독도의 영유권과 어업권을 공식적으로 인정받습니다. 일본의 불법 어업을 금지하는 것으로 일단락하였습니다. 이야말로 안용복의 애국적인 활동이 좋은 영향을 미친 결과가 아니겠습니까?

남구만은 관료들의 강경한 처벌론에 맞서 조리 정연하게 안용복을 변호했다. 안용복은 조선 후기 숙종 대에 울릉도와 독도가 조선 영토임을 일본 막부로부터 공인하도록 활약한 민간 외교인, 애국심이 투철한 어부라고 높이 평가했다. 남구만의 열변은 더 이어진다.

- 안용복을 죽이면 쓰시마도* 주를 기쁘게 할 뿐입니다. 안용복은 사람됨이 신실하고 영리하니 보통 사람이 아닙니다. 마땅히 살려야만 합니다. 반드시 뒷날에 그를 쓸 일이 있을 것입니다. 저는 안용복 어부에 대해서 중형으로 처리하자는 안에 적극 반대합니다. 왜냐고요? 그는 애국자입니다. 일본의 접경지역 대마도 왜인이 울릉도를 죽도라 거짓 칭하고, 강호의 명이라 핑계 대었습니다. 우리나라 사람들이 울릉도에 왕래하는 것을 금지하게 하려고 중간에서 속이고 농간을 부린 것 아니겠습니까. 그런 상황이 용감한 어

---

*　쓰시마도: 대마도(對馬島)의 일본말

부 안용복 때문에 명명백백하게 드러나지 않았습니까. 이것은 하나의 국가적 쾌사(快事)입니다.

영중추부사*(領中樞府事) 남구만은 안용복을 옹호하며 열변을 토했다. 일본과 조선의 독도 영유권 분쟁을 해결하는 데 큰 공로가 있다는 사실을 인정했다. 영의정 유상운도 남구만의 의견에 찬성한다.

남구만은 어부 안용복의 애국심을 높이 산 것이다. 남구만의 호쾌한 판단은 안용복의 목숨을 살리는 데 과녁을 뚫은 화살처럼 들어맞았다.

---

*   영중추부사(領中樞府事): 조선시대 중추부에 속한 으뜸 벼슬

나라를 안정시키는 것은
지혜로운 신하의 몫이다

이승하(문학평론가, 중앙대 명예교수)

　이 땅의 소설가들 가운데 부지런함이나 꾸준함을 놓고 평가할 때 당장 떠올리게 되는 소설가가 나로서는 변영희 작가다. 1984년에 등단한 이후 장편소설 6편, 소설집 4권, 산문집 9권 외에 E-book도 여러 권 냈다. 특히 제7회 직지소설문학상 수상작인《무심천에서 꽃 핀 사랑》은 백운화상이 역대 불교 선사들의 주요 말씀을 초록하여 편찬한《불조직지심체요절》이라는 텍스트를 배경으로 삼아 '직지'와 관련한 역사의 갈피 속에 숨어 있는 과거지사와 한 집안의 수난과 극복의 과정을 청주를 관통하는 무심천의 물줄기에 얹어 풀어내 수상의 영광을 차지하였다.

대입 패배로 실의에 빠진 한 소녀가 기사회생하는 장편소설 《오년 후》로 손소희문학상을 수상했고 한국 현대사의 회오리바람 속에서 자아의 정체성을 찾고자 발버둥이치는 젊은이들의 이야기를 그린 소설집 《열일곱의 신세계》로 한국소설작가상을 수상했다. 《마흔넷의 반란》은 자전적인 요소가 깃들어 있는 장편소설로, 가정주부의 자기 정체성 확인 작업이 골자를 이루고 있다. 늘 남의 말을 들어주는 청취자의 처지에서 세상을 향해 발언하는 발화자의 입장으로 나아간 서여란이라는 문제적 인물을 그리고 있다.

2022년에는 강원도 토지문화재단과 남해 노도 섬을 3년여 동안 오가며 서포 김만중의 일대기라고 할 수 있는 장편소설 《남해의 고독한 성자》를 펴냈다. 김만중의 생애뿐 아니라 《구운몽》에 대한 현대적인 해석을 교직해 나간 《남해의 고독한 성자》는 픽션도 아니고 논픽션도 아닌, 새로운 차원의 평전 소설이었다. '평전 소설'이란 장르명이 가능할지 모르겠는데, 단순한 전기가 아니고 작가의 인물 해석이 가미된 소설이었고, 역사적 인물과 그 인물이 쓴 소설을 다시금 소설화한 새로운 차원의 소설이 바로 《남해의 고독한 성자》였다. 이 소설이 나온 것이 2022년 6월 30일이었는데 3년 3개월 만인 2025년 9월에 다시금 또 한 권의 평전 소설이 나오게 되었으니 소설《남구만》이다.

　남구만(南九萬, 1629~1711)은 우리에게 "동창이 밝았느냐 노고지리 우짖는다"로 시작되는 시조를 쓴 인물로 기억되고 있을 뿐 그의 생애는 의령 남씨 그의 후손이 아니면 잘 모르는 사람이 대부분일 것이다. 왜냐하면 사육신(성삼문·박팽년·이개·하위지·유성원·유응부)처럼 역사의 소용돌이에 휩쓸려 억울하게 죽거나 개국이나 구국의 영웅, 전시에 공을 세운 장군들, 귀양 가서 억울하게 죽은 선비들을 우리는 기억하지 비교적 조용히 살다 간 문신이었던 남구만은 일반인의 뇌리에 거의 남아 있지 않은 인물이다. 바로 그 점이 변영희 작가에게는 큰 불만이었던 모양이다.

　왜 우리는 남구만 같은 현명한 신하를 간과했던 것일까. 광복 이후 한국 현대사 전개 과정에서 남구만 같은 올곧은 인물이 나오지 않은 것은 우리 민족의 불운이다. 신하가 똑똑하면 임금이 현군이 아닐지라도 최소한 욕은 안 듣게 한다. 어찌 조선조의 정승은 황희밖에 없는 것일까.

　박정희 대통령 밑에서 평생 2인자 노릇을 했던 김종필의 경우, 치적이 무얼까 생각하면 고개를 갸웃거리게 된다. 현대가에서 한때 2인자로 활약했던 이명박이 대통령으로서 한 일은 4대강 사업 외에는 언뜻 떠오르는 것이 없다. 어느 언론인은 부동산 가격 안정화가 유일한 치적이고 과오는 백 가지가 넘는다고 했다.

변영희 작가는 한 인물의 일대기를 평전 식으로 쓰되 보통의 위인 전기와는 다르게, 작가가 각종 사안을 작가 나름으로 해석하는 평전 소설의 제2편을 써보기로 했다. 특히 남구만이 거의 평생토록 썼던 상소문은 이 소설의 근간이 된다. 전란의 시대가 아니어서 목숨을 내던지지는 않았지만 당파싸움의 과정에서 상대방의 목숨을 해치는 경우가 비일비재했던 조선조 후기에 한 당파의 수장 노릇을 하면서도 늘 원만한 정치적 해결을 모색했던 온건주의자로서의 면모는 우리에게 존경심을 불러일으킨다.

남구만이 활동했던 17세기 후반과 18세기 초는 임진왜란과 병자호란을 겪은 후 그로 인한 타격을 국가 차원에서 수습하고, 민생의 안정과 통치 질서의 강화 등 전란의 피해 복구와 재정비를 도모하던 때였다. 정치적으로도 서인과 남인의 연합 정국에서 효종과 숙종은 붕당을 자주 교체하는 환국(換局)의 방식을 채택, 서인과 남인이 번갈아 집권하게 한다. 최종적으로 서인이 주도권을 쥐게 되는데 서인 내에서도 자체 분열을 하여 노론과 소론으로 나누어지는데, 남구만은 소론 계열의 대표적인 인물로 부상한다. 하지만 그는 명망 있는 학자 겸 문장가이면서 고위 관직을 수차례 역임한 관료로서 거중조정(居中調整)의 명수였다. 화를 불러 일으키지 않아서 상대 진영에서도 남구만은 인정하고 존경하였다. 사후에 그의 충신으로서의 역할을 인정받아 숙종의 묘정(廟庭)에 배향되기도 하였다.

　소설은 "재 너머 사래 긴 밭을 언제 갈려 하느냐"로 끝나는 남구만의 유명한 시조를 인용하면서 시작된다. 시조 해설이 재미있다.

　　　해가 높이 떴는데 여태 일어나지도 않았느냐? 윽박지르거나 나무라는 어법이 아니다. 재 너머 길고 너른 밭을 언제 갈 것인가라고 나직한 목소리로 권면하고 있다.

　　　(중략)

　　　푸르고 맑은 그 청청한 기운처럼 험난한 권세 가도에서 남구만은 융통성 있는 중도적, 합리적 처세의 경지를 보여주게 되는 것은 아닐까. 정치가로서 문장가로서 남구만의 일생은 쟁기로 밭을 갈아엎고 씨앗을 심어 열매를 거두어야 하는 국가적 차원의 중차대한 사명이 재 너머 사래 긴 밭처럼 펼쳐져 있는 것인가. 사래 긴 밭을 갈아엎을 일꾼은 누구인가.

시조의 소재와 주제를 남구만이 평생토록 행할 정치적인 행보와 연결시켜 논했으니 탁월한 해석이다. 작가는 남구만의 집안 내력과 출생, 출생지에 대해 이야기를 풀어나가면서 자와 호에 대한 해석도 아주 재미있게 한다.

남구만의 자 운로(雲路)에서는 시적 풍류가 느껴진다. 인생이란 시시각각 형태를 달리하는 예측 불허의 현란하고 상서로운 구름, 또는 비를 머금은 먹구름 같은 변화무상한 구름길이 아니겠는가. 또한 그의 호 약천(藥泉)이 머금고 있는 뜻이, 겉으로 드러내지 못하는 속앓이 병을 고치는 약물이라고 한다면, 나라와 백성에게 약천으로서의 소임을 다하게 되는 것일까.

〈동문수학〉에서는 소년 구만이 김익희 스승 밑에서 스승의 장남 김만균, 병자호란 와중에 자결한 김익겸의 아들 김만기·김만중 형제, 이민적·이민서와 함께 공부한다. 공부 내용도 상세하게 나온다. 스승이 늘어난다. 이민적·이민서의 부친 이경여와 문장과 글씨에 능한 송준길의 가르침을 받으면서 남구만의 실력은 일취월장, 하루가 다르게 향상된다.

남구만의 정치 입문은 1651년(효종 2)의 사마시, 1656년(효종 7)의 별시에 합격하면서 시작되었다. 첫 벼슬은 가주서(假注書)로서 승정원에 속한 정7품이었다. 1658년(효종 9)에 남구만이 정언(正言, 사간원에 속한 정6품 벼슬)으로서 처음 상소를 올린다.

지금 전하께서는 즉위하신 지 10년이 되었습니다. 의정부에 매번 직언을 구하라고 전교하시니, 충직한 의론이 날마다 조정에 올라와야 될 터인데 과연 군주를 대면해 직간하는 대각의 관원이 누구이며, 초야에서도 기탄없이 직언을 하는 자가 누구이겠습니까. 대신들의 충언을 상감께서는 망언이라 하며 받아들이는 미덕이 없고 등한히 여겨 살피지 않으시니 이를 변통할 방법을 강구해야 하지 않겠습니까?

이 소설의 가장 큰 매력은 해설자가 보건대 남구만의 상소문이다. 거침이 없다. 지금 이 시대에 어떤 국회의원이, 어떤 장관이, 어떤 기자가 대통령에게 이런 말을 할 수 있을까? 단 한 명도 없다.

전하께서 간쟁하는 신하들을 대하시는 것이 우나라 순임금과 상나라 고종에게도 미치지 못합니다. 한 나라의 성제와 위나라 문제보다도 뒤집니다. 그렇다면 나라가 혼란하고 멸망하는 일이 없으리라고 말하지 못할 것입니다. 그러므로 과감하게 아뢰는 선비가 없고 충직한 기풍이 없는 것을 괴이하게 여기지 마소서.

30대의 젊은 남구만이 임금에게 거침없이 말하는 것이 너무 멋있어 가슴이 후련해진다. 이 정도로 쓰면 귀양을 갈 수도 있을지 모른다고 생각하지 않았을까. 하지만 조금도 망설임이 없다. 남구만과 동문수학했던 친구 김만기와 이민서도 충직한 마음으로 국정을 걱정하며 상소를 올리고 나라의 기강을 바로잡는 일에 앞장선다.

소설은 〈혜성의 변고〉〈고향에 돌아오다〉〈낚시의 묘리〉 외에 고향의 오랜 친구 김생과의 우정, 청주 목사 때의 구휼, 병영 이전에 따른 에피소드가 차례차례 전개되면서 남구만의 인품과 정치력을 보여준다. 함경도에 가서 감영, 부령, 삼수, 갑산 등지의 가뭄 참상을 보고 곡식 1만 석을 마련해 죽어가는 함경도민의 목숨을 구하는 대목에서는 박수를 치고 싶어진다.

소설은 제6부에 접어들어 영의정 김류의 장남 김좌명과의 갈등을 보여주는데 남구만이 일생일대의 위기에 처한다. 이런저런 우여곡절 끝에 남해로 유배를 간다. 소설《남구만》의 또 하나의 매력은 시가 여러 편 나온다는 것이다. 그는 시조만 썼던 것이 아니다. 유배지 거제도에서 남해로 이배를 갔을 때 쓴 시가 있다. 남쪽에 와서 보게 된 유자를 다음과 같이 찬하고 있다.

> 팔월이라 남쪽 고을에 가을이 늦게 찾아오니
> 산해(山海)의 진귀한 과일 아직도 껍질이 푸르구나
> 역시 풍성하게 향기를 내뿜고
> 차곡차곡 연한 살이 가득히 찼다오
> 숲 아래에서 소자(蘇子)처럼 먼저 먹음 부끄럽고
> 영 땅 가운데 굴평(屈平) 스승에게 멀리 견주노라
> 이로 인하여 다시 인물을 구하려 하노니
> 그 누가 구생(區生)이 아직 배우지 않을 때인고
>
> -〈팔월에 유자를 먹으니 아직도 푸르므로〉 전문

각주에서 잘 설명되고 있는데, 소자는 소식이고 굴평은 굴원이다. 구생은 소식이 황주로 유배 갔을 때 처음 수학한 생도다. 완전히 익지 않았으면서도 냄새를 강하게 풍기는 유자를 먹고선 자신의 수련과 시련이 더욱더 필요함을 절감하고선 써본 한시다. 결국 해배되었지만 시련이 계속되자 벼슬에 내놓고 귀향한다. 당시의 상황을 잠시 살펴보자.

1689년(숙종 15) 기사환국(己巳換局) 발발 이후 남인이 재집권하자 남구만은 다시 강릉에 중도부처(中途付處, 벼슬아치에게 어느 곳을 지정하여 머물러 있게 하던 형벌) 되었다가 1694년(숙종 20) 갑술환국(甲戌換局)으로 서인이 집권하면서 다시 영의정을 맡게 되었다. 그러나 남구만은 장희빈에 대해 중형을 주장하는 노론 김춘택·한중혁 등의 견해에 반대하며 사건이 확산되는 것을 방지하고자 하였다. 이것은 소론 측에서 제시한 남구만에 대한 평가를 통해서도 알 수 있는데, "동궁(東宮)의 처지가 지극히 외롭고 위태하였기 때문에 역적을 두호한다는 비방을 당하면서도 동궁을 위하여 죽기를 원하는 뜻을 보여서 임금의 마음을 굳히고 역절(逆節)을 막음으로써 난국을 미연에 없애려고 하였다."라는 기록이 남아 있다. 이러한 평가를 받을 만큼 남구만은 이 사안의 확산을 막고자 하였고, 이로 인해 노론의 비난을 받기도 하였다. 아무튼 숙종은 남구만의 충성심을 잘 알기에 어제시(御製詩)을 써 귀경을 재촉한다.

홀연히 돌아가 누운 지 30일이 지났으니
깨끗한 꿈 응당 대궐에 가 있으리라

나라를 생각하는 정성 깊어 오직 법을 만들고

세상을 걱정하여 힘을 다하니 스스로 몸을 잊었네

주나라에 다사다난하던 시기이고

한나라 황실에 큰 보필을 생각할 때라오

자리 비워놓고 간절히 기다리는 내 뜻에 부응하여

부디 따뜻한 봄에 조정에 나오도록 하오

-〈그리운 마음이 더욱 간절하므로 지극한 회포를 표하노라〉 전문

충신이 옆에 있어야 국정을 안심하고 펼 수 있는데, 남구만이 없으니 숙종은 불안감을 떨칠 수 없었던 것이다. 제9부와 마지막 10부를 보면 남구만이 왜 양반이면서 백성들 편에 섰는지 그 이유가 나온다. 남구만은 빈한한 집에서 태어나 입신양명, 출세하여 학덕과 원만한 성격으로 임금의 특별한 은혜를 입어 중요한 관직을 역임하였다. 그러나 그는 붕당 간의 정치적 대립이 첨예하던 시절에 고위 관직을 지냈던 만큼 늘 정치적 쟁점의 가운데 있었고, 그 결과 정치적 행보에 있어 부침이 심하였다. 1679년(숙종 5)에는 서인으로서 남인의 윤휴와 허견의 죄를 청하다가 자신이 공격을 받아 유배되기도 했다.

1680년(숙종 6) 경신환국(庚申換局)으로 서인이 다시 집권하

고, 허적·윤휴·허견 등 남인이 축출되면서 다시 도승지로 소환되었다. 서인들은 이러한 남구만의 행보에 대해 "청의(淸議)를 도와 훈척(勳戚)을 내쫓으니, 더욱 사류(士流)들의 우러르는 바가 되었다."고 좋게 평가하기도 하였다.

　1733년(숙종 33)에는 치사(致仕, 나이가 많아 벼슬을 사양하고 물러나는 것)를 허락받아 경기도 용인의 비파담으로 돌아간 후 사망하였다. 이처럼 남구만은 환국(換局)의 정치적 소용돌이 속에서 부침을 적잖이 겪었고, 그 과정에서 서인, 소론으로서 정체성이 더욱 부각되었다.

　이 외에도 남구만은 북방의 영토 정비에 지대한 관심을 지니고 있었다. 제10부에 짧게 나오는데 1671년(현종 12) 4년 동안 유학과 무술을 장려하였고, '무산부(茂山府)'와 '자성(慈城)'을 신설하였다. 갑산과 길주 사이에 도로를 개통하여 폐지했던 4군의 개척을 청하였다. 이것은 훗날 숙종 말년에 성과를 얻어 국토가 일부 회복되어 압록강 연안이 본격적으로 개발되기 시작하였다. 뿐만 아니라 안용복이 일본에 가서 울릉도가 우리 영토임을 주장하고 돌아온 사안에 대해 조정에서 국가의 허락도 없이 국제분쟁을 일으켰다고 사형이 논의되었지만, 남구만은 "대마도의 왜인이 울릉도를 죽도(竹島)라 거짓 칭하고, 강호의 명이라 거짓으로 평계를 대어 우리나라에서 사람들이 울릉도에 왕래하는 것을 금지하게 하려고 중간에서 속여 농간을 부린 정상이 이제 안용복 때문에 죄다 드러났으니, 이것은 또한 하나의 쾌사(快事)입니다."라고 만류함으로써 극형을 면하게 하는 멋진 모습을 보여주었다.

앞에서도 언급했지만 남구만은 1663년(현종 4) 호남 지역의 대동법 실시를 건의하였고, 1670년(현종 11) 청주 목사가 되어 굶주리는 백성을 구제한 치적을 인정받기도 했다. 1671년(현종 12) 함경도 관찰사가 되어 북변을 순행하고 각 읍의 민역(民役)을 감해주기를 청하는 등 민생의 회복에 주력하였다.

이 외에도 남구만은 명경과(明經科)를 개선하여 경전의 의미를 해석하는 능력을 고려하였다. 대사성에 임명되어서는 사습(士習)의 시정을 위해 학제를 정비하고 스승과 제자의 매월 3차례의 강회를 정례화하여 학풍 진작에 힘을 기울였다.

후세 사람들의 평가에 의하면 그는 사람됨이 단아하고 정연하며 몸가짐에 절도가 있었으며, 글씨도 법도가 있고 아름다웠으며 필획(筆畫) 또한 고아하고 힘찼다고 한다. 이러한 문장가로서의 재주는 유림 사이에서도 평판이 좋았다. 남구만의 수려한 문장력으로 말미암아 현종이 승하하자 그의 시책문(諡冊文) 서사관으로 임명되었으며, 현종의 행장(行狀)을 짓기도 하였다. 이에 대해 후대 사관은 임금의 서찰(書札)과 시장(詩章)에 기여한 뜻이 정중하므로 물고기와 물의 만남처럼 서로 친밀한 만남이었다고 사람들은 지금까지도 일컫는다고 평가하였다. 숙종은 남구만에 대한 예우를 융숭하게 하였는데, 남구만의 병이 위독함을 듣고 특별히 두 어의를 보내어 간병하게 하고, 자주 내국의 약을 내려주었고, 사망한 뒤에는 3년간 녹봉을 줄 것을 명하였다.

경종은 남구만에게 '문충(文忠)'이라는 시호를 내렸으며, 윤지완·최석정 등의 공신과 함께 숙종의 묘정에 배향하였다. 남구만의 저서로는 《약천집(藥泉集)》이 있다. 이 문집은 그의 아들 남학명과 남극관이 보관 정리하였으나 간행되지 못하다가 1723년(경종 3) 소론 정권이 들어선 이후 남처관에 의해 간행되었다.

특히 인조의 뒤를 이은 효종은 봉림대군 시절에 청나라에 인질로 잡혀갔던 수모를 되갚기 위해 적극적으로 북벌론을 계획하였다. 어영청(御營廳)을 2만 명으로 확대하거나, 친청파 대신인 김자점을 몰아내고, 청에 대한 복수를 지지한 송시열·송준길·김집·권시·이유태 등 서인으로서 재야에서 학문을 하던 젊은 인사를 대거 등용하여 북벌에 박차를 가하였다. 뿐만 아니라 조선으로 표류해온 네덜란드인 하멜이 가져온 조총의 기술을 도입하여 서양식 무기를 제조한 것도 모두 북벌의 일환이었다.

효종이 사망한 이후 북벌 운동은 좌절되었고, 이후 조선은 내적인 방어를 강화하는 방향으로 북벌을 대체하였다. 1694년(숙종 20) 숙종은 강화에 성을 쌓고, 문수산성을 쌓는 등 수도방위를 강화하였다. 1712년(숙종 38) 조선은 백두산 정계비를 건립함으로써 조선 측의 영토 확장에 유리한 국면을 조성하였다. 이 외에도 북한산성, 평양성, 안주성 등이 잇달아 축조되면서 방위 체계가 훨씬 강화되었다.

경제적 측면에서도 1651년(효종 2)에는 김육의 건의로 시행되었던 대동법을 충청도와 전라도까지, 1708년(숙종 34)에는 황해도 지방까지 확대하였고, 3남지방에서는 양전 사업이 완료되어 토지 66만 7,800결을 새롭게 얻고 전국의 인구도 680만 명으로 늘어나서 전란의 복구가 순조롭게 진행되는 양상을 보였다.

남구만의 가문은 "남재 이후 세력을 떨치지 못하여 호서의 결성(結城)에 우거(寓居)하였다."는 평가에서 알 수 있듯이 가문이 기울면서 충청도의 결성 지역에 우거하였던 것으로 보인다. 결성(結城)은 현재 충청도 홍성지역이다. 이후 남구만은 1646년(인조 24) 관례를 치른 후 서울로 올라와 거주하였으며, 사직하거나, 유배 후 방환(放還)되었을 경우에는 결성에 머물렀으며, 이 외에 충청도의 진천에서 생활하기도 하였다. 벼슬을 그만둔 이후에는 용인 비파담에 거주하여 말년을 보냈으며, 그의 사후 후손들은 양주의 화접동에 그를 매장하였다.

친구 이민적과의 우정도 보기 좋다. 이민적의 동생 이민서는 딸을 남구만의 장남인 남학명과 혼인을 시킴으로써 남구만과 이민적 집안은 교유관계를 넘어서 친인척 관계로 진전되었다.

그가 죽은 지 한참이 지난 영조 시절에 《천의소감》이란 책에서 그와 유상운을 매도하는 글귀가 실린 것을 본 영조가 격노하여 다시는 죽은 남구만을 모함하지 않겠다는 반성문을 신하들에게 받아낸 일이 있었다.

남구만은 본처인 동래 정씨와 4남 3녀를 두었는데 딸과 아들 2명을 제외하고는 모두 10세 전에 죽었다. 남구만 가문의 혼인 관계를 살펴보면 노론과 소론의 주요 인물들이 두루 망라되어 있어 소론의 영수로서 위치를 확인할 수 있다.

1988년 MBC 드라마 〈조선왕조 오백년 인현왕후〉와 1995년 SBS 드라마 〈장희빈〉에서 한인수가 남구만 역을 맡았다. 2002~2003년 KBS 드라마 〈장희빈〉에서 최상훈이 남구만 역을 맡았다. 숙종 시절에 영의정을 역임했던 인물이다 보니 배역을 맡은 배우들도 한인수, 최상훈같이 선이 굵고 연기력이 뛰어난 배우들이 맡는 편이다. 극 중에선 희빈 장씨가 아무리 큰 죄를 지었다곤 하나, 세자의 모후인 만큼 차라리 폐서인을 시켰으면 시켰지, 죽이진 말아 달라고 주청을 올리지만 오히려 숙종의 분노를 사는 바람에 파직되고 이후에 있을 일들로 인해 걱정이 많은 노신으로 묘사된다.

그의 묘는 용인시 처인구 모현읍 백옥대로 2140에 있다. 본디 그의 묘는 양주의 불암산 화접동에 있었는데, 뒤에 후손들이 용인시 모현읍 초부리로 이장했고, 1970년대 후반 묘역을 확장하면서 봉분에 네모난 지대석 기단을 둘렀다. 묘 앞에는 묘표와 망주석, 향로석 등이 있는데, 묘표석은 높이 90cm, 폭 67cm, 두께 35cm의 규모로 사각형 대좌 위에 몸돌을 올린 형태이다. 묘소 입구 도로변에는 1991년에 세운 신도비가 있다.

역사서 속에 조용히 누워 있던 남구만을 변영희 작가가 일으켜 세워 우리 앞으로 데려와 난세에 영웅이 왜 필요한지를 알려주었다. 임진왜란이나 병자호란 같은 국가적 위난의 시대는 아니었지만 남구만이 벼슬을 했던 시절을 살펴보면 무슨 환국 무슨 환국 하면서 평안한 날이 없었다. 특히 병란이 일어나거나 가뭄이 들면 백성들의 삶은 피폐해져 목숨이 바람 앞의 등불이 되곤 했다. 그런 때 백성들 편에 서서 자기 몸을 돌보지 않고 구휼에 힘썼던 남구만 같은 신하가 지금 이 시대에 나타나기를 바라면서 소설의 마지막 장을 덮었다.

참고자료

김만중,《서포만필(상)》, 심경호 옮김, 문학동네, 2019

김만중,《서포만필(하)》, 심경호 옮김, 문학동네, 2019

김만중,《서포집》, 임종욱 옮김, 남해유배문학관, 2010

김정헌 글, 김경수 갑수,《약천(藥泉) 남구만(南九萬)의 생애와 발자취: 홍성의 역사인물 스토리텔링》, 홍성문화원, 2021

남구만,《약천집》, 성백효 옮김, 지식을만드는지식, 2019

박성재, 〈약천 남구만 시조의 성립과 창작 배경 고찰 – 지명과 〈영유시 20수〉를 중심으로〉 – 時調 生活 제133호 2022 겨울 時調生活社 203~234P 수록.

남구만 운로, 악천의 길

초판 1쇄 발행 2025. 9. 26.

지은이 변영희
펴낸이 김병호
펴낸곳 주식회사 바른북스

편집진행 김재영
디자인 김민지
마케팅 송송이 박수진 박하연

등록 2019년 4월 3일 제2019-000040호
주소 서울시 성동구 연무장5길 9-16, 301호 (성수동2가, 블루스톤타워)
대표전화 070-7857-9719 | **경영지원** 02-3409-9719 | **팩스** 070-7610-9820

•바른북스는 여러분의 다양한 아이디어와 원고 투고를 설레는 마음으로 기다리고 있습니다.
이메일 barunbooks21@naver.com | **원고투고** barunbooks21@naver.com
홈페이지 www.barunbooks.com | **공식 블로그** blog.naver.com/barunbooks7
공식 포스트 post.naver.com/barunbooks7 | **페이스북** facebook.com/barunbooks7

ⓒ 변영희, 2025
ISBN 979-11-7263-591-6 03810

•파본이나 잘못된 책은 구입하신 곳에서 교환해드립니다.
•이 책은 저작권법에 따라 보호를 받는 저작물이므로 무단전재 및 복제를 금지하며,
이 책 내용의 전부 및 일부를 이용하려면 반드시 저작권자와 도서출판 바른북스의 서면동의를 받아야 합니다.